Eulogizing China

诗 颂 中 华

回延安

李少君　王昕朋　丁鹏　主编

中国青年出版社

图书在版编目（CIP）数据

回延安 / 李少君，王昕朋，丁鹏主编 . -- 北京：
中国青年出版社 , 2024. 12. -- ISBN 978-7-5153-7506
-9

Ⅰ . I227

中国国家版本馆 CIP 数据核字第 2024Q5H767 号

回延安

李少君　　王昕朋　　丁　鹏　主编

责任编辑：岳　超
封面设计：鸿儒文轩·末末美书
出版发行：中国青年出版社
社　　　址：北京市东城区东四十二条 21 号
网　　　址：www.cyp.com.cn
编辑中心：010-57350401
营销中心：010-57350370
经　　　销：新华书店
印　　　刷：三河市华东印刷有限公司
规　　　格：880mm×1230mm　1/32
印　　　张：8.5
字　　　数：176 千字
版　　　次：2024 年 12 月第 1 版
印　　　次：2024 年 12 月第 1 次印刷
定　　　价：68.00 元

本图书如有印装质量问题，请凭购书发票与质检部联系调换。联系电话：010-85707689

新诗的中国式现代化路径（代序）

丁　鹏

　　"白话作诗"的新诗是"五四"文学革命的突破口，也是中国文学走向现代化的开端。如钱理群所说，1918 年 1 月，《新青年》4 卷 1 号发表白话诗九首，"就宣告了中国现代文学的诞生"。按照严家炎的说法，中国文学现代化的起点比工业、农业、国防和科技的现代化的起点要早整整三十年。而在中国文学中新诗又是最早走向现代化的文体。

　　虽然相比于"在鲁迅手中开始，又在鲁迅手中成熟"的现代小说，新诗的成熟要晚一些。但如果按照波德莱尔意义上的"现代性"就是每一个"新"事物或"新"时代所具有的那种特性，那么立志要新于一切已有诗歌的"新"诗，则体现出文体本位的对现代性的高度自觉。

　　虽然早在五四时期中国文学的现代化就已经率先开始，但"现代化"一词在中国被广泛使用，则要迟至 1933 年 7 月上海

《申报月刊》发起的对于"中国现代化问题"的大讨论。当时东北三省和热河已经被日本占领，冀东22县也在日伪的势力范围之内。出于拯救民族危亡的迫切，该刊痛心疾首地呼吁，中国要赶快顺着"现代化"的方向进展。

20世纪30年代的上海作为亚洲最大的国际贸易中心和金融中心，是中国现代化程度最高的城市。依托其繁荣的都市消费文化，倡导现代主义的《现代》杂志创刊，并形成了以戴望舒、卞之琳、何其芳等为代表的现代诗派。主编施蛰存认为"纯然的现代诗"应该表现"现代人在现代生活中所感受到的现代的情绪，用现代的词藻排列成的现代的诗形"。

现代诗派的诗学与实践对推动新诗的现代化发挥了十分重要的作用，不仅在于其对现代性的深刻把握与自觉追寻，更在于其某些主张对中国传统诗学观念的继承与转化，某种程度上弥合了新诗与旧体诗的断裂，也有力地回应了梁实秋对初期"新诗，实际就是中文写的外国诗"的尖锐质疑。游国恩认为："（20世纪）30年代，戴望舒与卞之琳二人，一南一北，一主情一主知，与其他诗人一起，合力打造了中国式的现代主义诗歌。"虽然新诗具体在谁的手中成熟，学界未有定论，例如有戴望舒、卞之琳、艾青等不同说法，但一般认为是现代诗派以其突出的创作实绩，以及丰富的理论建设将新诗推向了成熟。

但正如前面《申报月刊》专号所描述的，当时的中国国民经济整体处于"低落到大部分人罹于半饥饿的惨状"，国防也正面临侵略者铁蹄的践踏。当日本发动全面侵华战争以后，再去书写大都市新潮的现代生活与现代人寂寞感伤的情绪，已经与国内情势、与时代主题相脱节。因此，现代诗派所建构的新诗现代化道路还需要进一步地拓展。

1937年全面抗战爆发后，曾是《现代》杂志作者的艾青写下名作《雪落在中国的土地上》。时代的旗帜引导艾青修正写作的方向，而艾青也自信为新诗找到了"可以稳定地发展下去的道路：现实的内容和艺术的技巧已慢慢地结合在一起"。此后，他为中国人民奉献了他最动人的作品《北方》《我爱这土地》《黎明的通知》……正像吴晓东所评价的艾青诗歌"背后正蕴涵了一种深沉的力量，反映着民族坚忍不拔、自强不息的精神"。

虽然20世纪30年代的诗人们通过探索，已经逐渐意识到应该将现代主义与古典诗词或现实生活相结合，但新诗革命所遗留的"新与旧""中与西"的对立，仍旧是困扰不少诗人的诗学难题。直至1938年，毛泽东明确提出要"把国际主义的内容和民族形式"紧密结合起来，创造"新鲜活泼的，为中国老百姓所喜闻乐见的中国作风和中国气派"，将民族化议题提升到了与现代化同等重要的高度，引发了关于新诗民族形式问题的大讨论。学习民歌形式，又蕴含现代思想的"民歌体叙事诗"是新诗民族化的成果之一，代表作有李季的《王贵与李香香》、张志民的《王九诉苦》，以及新中国成立后发表的阮章竞的《漳河水》等。

而力扬1940年发表的文章则从新诗的民族形式出发展望了新诗的中国式现代化方向："诗的民族形式，是发展了自由诗的形式，它必须吸收民间文学适合于现代的因素，接受世界文学进步的成分，并切实地实践大众语的运用，而贯彻以现实主义的创作方法。"这为新诗，描绘出了一幅既拥有文化自信自强，又具有开放包容精神的中国式现代化蓝图。

　　1942 年 5 月，延安文艺座谈会召开。毛泽东谈道，"我们的文学艺术都是为人民大众的"，将 20 世纪 30 年代"左联"所倡导的"文艺大众化"问题提升到了政治的高度，同时又基于文艺自身的规律，"反对只有正确的政治观点而没有艺术力量的所谓'标语口号式'的倾向"。"讲话"将文艺的自律与他律紧密地结合了起来，一定程度上纠正了抗战诗坛提倡战斗性、忽视艺术性的偏颇。新诗大众化运动还促进了 20 世纪 40 年代朗诵诗运动的开展。朱自清在《论朗诵诗》的末尾预言，配合着现代化，朗诵诗会"延续下去"。的确，改革开放新时期以来，以王怀让为代表的朗诵诗仍显示出旺盛的生命力。

　　除了积极参与朗诵诗的理论建设，朱自清还在中国第一个明确提出"新诗现代化"的课题。1943 年 2 月，苏联取得斯大林格勒战役的胜利，抗战形势向好的方向扭转。同年 9 月，朱自清在《诗与建国》一文中写道："我们现在在抗战，同时也在建国；建国的主要目标是现代化，也就是工业化。……我们迫切地需要建国的歌手。我们需要促进中国现代化的诗。"朱自清将新诗现代化置于建国大业的宏大背景及中国诗歌史演变的历史进程中加以探究，并将新诗现代化作为自己诗学追求的核心。正如李怡所说："朱自清的探索表明……只有扎根于中国文学深厚的传统才能创造出新诗。在这个意义上，朱自清探索的是中国人'自己的'现代化之路。"

　　1945 年，抗战取得完全胜利。1946 年，西南联大解散，迁回北京。读书人终于有了一张安静的书桌。1947—1948 年，时任北京大学西语系助教的袁可嘉先后发表了《新诗现代化》《新诗现代化的再分析》等一系列文章集中探讨新诗现代化问题。他主张将现代主义与现实主义、民族传统高度融合，创作出综合"现实、象征、玄学"的"包含的诗"。能代表这一诗学追求的诗人有冯至、穆旦、郑敏、陈敬容、杜运燮等。两年前，朱自清在《诗与建国》中与国际接轨，甚至"迎头赶上"的新诗现代化愿望，似乎正变成现实。例如，许霆判断，中国新诗派"在 20 世纪 40 年代的崛起表明，中国新诗与世界诗潮开始了同步的演变和发展"。

　　新中国成立后，一方面，随着新诗大众化趋势的逐渐加强以及诗人们政治热情的不断高涨，朗诵诗进一步发展为政治抒情诗，贺敬之、郭小川是这一诗体的代表性诗人。另一方面，随着工业化的发展，以"石油诗人"李季为代表的工业诗人为新诗现代化增添了工业化的题材。再者，随着祖国统一的进程，此前很少进入诗人视野的塞外边疆风景、少数民族风情成为书写的对象，扩展了新诗民族化的内涵和外延。

　　1956 年 4 月，毛泽东正式提出"百花齐放，百家争鸣"方针，为新诗的中国式现代化营造了可贵的开放、包容的氛围和环境。同年 8 月，为贯彻"双百"方针，中国作协等单位发起了"继承诗歌民族传统"的大讨论，深化了对于新诗民族化的探讨。1957 年 1 月，中国唯一的国家级诗歌刊物《诗刊》创刊，毛泽东在给《诗刊》编辑部的信中肯定和支持了新诗的发展。在贯彻"双百"方针方面，《诗刊》陆续发表了以新诗现代化为

追求的冯至、穆旦、杜运燮、唐祈等诗人的诗作，唐湜的诗论，
卞之琳的译诗等。

　　然而，从 1957 年下半年开始，"双百"方针受挫。1958 年，
作为新诗向民歌和古典学习的路径尝试，以工农兵为创作主体
的"新民歌运动"在全国范围内轰轰烈烈地开展，将新诗大众
化推向了高潮，但也迅速落潮。一方面，对新诗主体性的剥夺，
使新诗逐渐走向"非诗"，口号化的创作模式也偏离了延安文艺
座谈会"反对只有正确的政治观点而没有艺术力量的所谓'标
语口号式'"诗歌的理论指引；另一方面，脱离现代化的大众
化或民族化探索，使得以"新"为特色的新诗不自觉地滑向了
"旧"的窠臼。

　　1965 年，《诗刊》被迫停刊。以穆旦为代表的一部分诗人
仍坚持现代化的诗艺的探索，正如王佐良评价穆旦写于 1975
年、1976 年的诗："他的诗并未失去过去的光彩"。1976 年 1 月，
《诗刊》复刊。1978 年 3 月，第五届全国人大第一次会议通过
宪法，将"双百"方针写入总纲第十四条，"双百"方针重新得
以实行。

　　1978 年 12 月，《今天》创刊，"今天"的命名本身就带有
强烈的现代性自觉。以北岛、舒婷为代表的朦胧诗派继承了现
代诗派、七月诗派、中国新诗派等前辈诗人们新诗现代化的经
验，并注重对民族传统的吸收，以充满启蒙理想与崇高精神的
诗作，恢复新诗的主体性，重拾人性与诗歌的尊严。

　　1979 年 1 月，《诗刊》社召集召开了全国诗歌创作座谈会。
艾青、冯至、徐迟、贺敬之、李季等诗人在会上作了发言，卞

之琳、阮章竞等诗人参加了座谈会。座谈会聚焦新诗现代化问题，听取了英美等国诗歌现状的介绍，探讨了诗与民主等议题。与会诗人认为诗人必须使自己的思想、感情和行动适应现代化的要求，既要继承我国的民歌、古典诗歌等优秀传统，也要借鉴外国的一切好东西，努力使新诗达到现代化、民族化和大众化；并提出了重视少数民族文艺创作、儿童诗创作、重视培养青年诗人等建议。同年3月，《诗刊》以《要为"四化"放声歌唱——记本刊召开的诗歌创作座谈会》为题发表了上述会议纪要；还发表了徐迟的《新诗与现代化》一文，认为新时期诗歌工作的重点要转移到社会主义现代化的新诗创作上来。

上述发言和文章，使人很容易联想到中国新诗派在20世纪40年代有关"新诗现代化"的探讨，包括袁可嘉的《新诗现代化》《诗与民主》等文章。1981年，中国新诗派诗人诗歌合集《九叶集》出版，归来的诗人们继续着自己的新诗现代化志业。1988年，袁可嘉的理论专著《论新诗现代化》出版。受"中国式社会主义"概念的启发，袁可嘉还明确提出了"中国式现代主义"的诗学概念，其"在思想倾向和艺术方法两个方面，与西方现代主义有同更有异，具有中国自己的特色"。

到1985年前后，面对西方文化的大量传入和市场经济的飞速发展，以韩东、翟永明等为代表的"新生代"诗人选择了"最能体现时代的样式"，从"现代主义"走向了"后现代主义"。但正如韩克庆所说，后现代主义是对"现代性的延续和调整，它是对现代性弊端的批评，而不是对现代性的终结"。"新生代"诗人的反叛仍然在促进新诗向现代化的方向发展。

90 年代诗歌继承了 80 年代诗歌新诗现代化的努力与探索，同时也对 80 年代诗歌的启蒙倾向与纯诗倾向进行了反思。诗人们褪去了英雄的光环或"逆子"的标签，诗歌也隐退到市场经济的边缘。诗人们选择在个人化和日常化的基础上进一步修复、调整现代性与现实、历史、传统、本土的关系，进而构建可持续的新诗中国式现代化路径。如王家新、孙文波等诗人提出的"中国话语场"概念，以及中国新诗派的代表诗人郑敏这时提出的"汉语性"概念等。

新世纪以来，随着互联网的逐步普及，网络诗歌迅猛发展，并经历了从诗歌网站到博客，再到如今公众号、短视频、小红书等传播媒介和话语场域的更新与迭代；随着高校的扩招，创意写作学科的发展，驻校诗人制度的形成，《诗刊》社"青春诗会"、鲁迅文学院培训班、网络诗歌课程等来自官方、学院、社会等力量的联合培养，使得新世纪的诗歌创作向更加专业化、规模化的方向发展。

2014 年 10 月，文艺工作座谈会召开。习近平总书记谈道，"文艺创作不仅要有当代生活的底蕴，而且要有文化传统的血脉"，同时"必须认真学习借鉴世界各国人民创造的优秀文艺"，并指出"现代小说、现代诗歌等都是借鉴国外又进行民族创造的成果"，强调要以"孜孜以求、精益求精的精神"打造精品，"要适应形势发展，抓好网络文艺创作生产"等，为党的十八大以来的新诗的中国式现代化发展提供了战略性引导。

2022 年 10 月，习近平总书记在党的二十大报告中明确提出"中国式现代化"。贺桂梅说："全球性现代文明的危机和人类科技及产业革命，迫切需要探索一种具有想象力的未来发展的可能性。'中国式现代化'是从人类文明史高度提出的新理论，不仅关涉中华民族的命运，也将塑造人类文明史上的新形态。"

以中国式现代化理论为指导，2024 年 7 月，中国作协与浙江省委宣传部共同主办"首届国际青春诗会——金砖国家专场"，来自 9 个国家的 49 名外国青年诗人参加，进一步加强我国诗歌和世界诗歌的交流互鉴，以诗歌的形式参与构建人类命运共同体。

同年 9 月，由《诗刊》社、新疆兵团文联、八师石河子市共同主办的"新诗的中国式现代化道路"研讨会召开。与会诗人在长达一天的研讨中畅谈新诗的中国式现代化议题。老诗人杨牧在发言中希望"中国诗人在新时代找到最贴近时代和人民的语言，创作具有底蕴和新意的现代诗歌"。评论家陈仲义认为"新时代的诗歌，要在继承与薪传的基础上，以创新为最高准则与目标"。

也许新诗永远不会有完美的模型或范式，在中国式现代化的道路上，新诗将随着时代的发展不断创新，永远现代。正如鲁迅所说："北大是常为新的，改进的运动的先锋，要使中国向着好的，往上的道路走。"同样，起源于北大的新诗也是常为新的，总能发时代之先声，引领思想与文化的浪潮。相信未来，新诗也必将在"以中国式现代化全面推进强国建设、民族复兴"的"这一前无古人的伟大事业"中发挥重要的推动作用。

目 录

郑敏的诗

郑敏（1920—2022），福建闽侯人。1939年考入西南联合大学哲学系，1943年毕业。1948年赴美国布朗大学就读，获英国文学硕士学位。1955年回国到中国社会科学院文学研究所从事英国文学研究。1960年调入北京师范大学外语系任教。著有诗集《寻觅集》《心象》《郑敏诗集（1979—1999）》等。《寻觅集》获第三届全国优秀新诗（诗集）奖（1985—1986）。

金黄的稻束

金黄的稻束站在
割过的秋天的田里，
我想起无数个疲倦的母亲
黄昏的路上我看见那皱了的美丽的脸
收获日的满月在
高耸的树巅上
暮色里，远山是

围着我们的心边
没有一个雕像能比这更静默。
肩荷着那伟大的疲倦，你们
在这伸向远远的一片
秋天的田里低首沉思
静默。静默。历史也不过是
脚下一条流去的小河
而你们，站在哪儿
将成了人类的一个思想。

诗人的奉献

多少人都奉献了所有，
这个贫穷的诗人
也勇敢地走来，打开
他的胸怀，但是，看
这里是一片阴郁的森林
没有肥硕的果实，除了痛苦
用它的累累织成了丰富。

诗人，你没有看见那
燃在花瓣里的火焰，
藏在海波下的温柔，

画在天空上的明朗，
和百灵喉头的欢乐？

他只是低首摘食着
胸前的果实，仿佛要
从那口口的苦汁里
寻得一个平衡的世界。

西南联大颂

你诞生在痛苦中，但是那时
我们抱有希望。正义填满了胸腔
你辞去，在疯狂的欢呼里，但是
自那时开始了更多的苦恼与不祥。

呵，白杨是你年青的手臂，曾这样
向无云的蓝天举起，仿佛对我们允诺
一个同样无云的明天，我们每一个都愿
参与，每一个都愿为它捐舍。

过去了，时间冲走一切幻想，
生活是贪饮的酒徒，急于喝干幼稚的欢快，
忍耐在岁月里也不会发现自己过剩，

我们唯有用成熟的勇敢抵抗历史的冷酷

终于像种子，在成熟时必须脱离母体，
我们被轻轻弹入四周的泥土。
当每一个嫩芽在黑暗中挣扎着生长，
你是那唯一放射在我们记忆里的太阳！

和海的幽会

正午寂静像午夜
人们都睡去了
太阳
在自己的光芒中失去轮廓
正午是声音的黑夜。

挤在石墙间的小巷
分离开海和我的楼房
转过这些，突然
你的身体伸展在我的眼前
一块微微颤抖的墨蓝的绸缎

你的雪白的手指抚摸着沙滩
低低的喘息声

只有幸福的母兽
这样舔着自己的四肢

我走进你
你又逃向远处
却摆动那蓬松的发卷
回头向我召唤
海底的吸力牵引着你
你想让我在催眠中
走入你不可知的深处

太阳像金色的雨
洒在你颤动的长袍上
蓝缎子的长袍上
谁会想到
那深处的阴冷幽暗?

我的春天的到来

你的到来，其实是回顾
每一个春天的青峰绿岭
我登上后，却回首看
那一脉绿色的昨日之山

惊讶于今天更鲜绿的松衫

一枝老古松斜探着身子，向
深谷中凝视，扎根在悬崖，却
无畏无惧，以如此的坚毅
将古老的身躯探向未来，因为
每一分钟的现在都系于未来

我的春天就是生命之动，动
在江河湖海
在生命的高空，与孤鹰同飞
在峰谷与群猴嬉戏
在深海与鱼群出没于珊瑚
那每天有形的起居活动
是雨后投向山群前的幻景
春夏秋冬是一页页的日历
它们的存在是为了不存在，唯有
那不可见的人的心灵足迹，长存

唐祈的诗

唐祈（1920—1990），原名唐克蕃，江苏苏州人。1942 年毕业于西北联大文学院历史系。1943 年任兰州省立工专教师。1948 年在上海任《中国新诗》编委。1949 年以后在中国作家协会工作，任《人民文学》小说散文组组长、《诗刊》编辑。后历任赣南地区作家协会副主席，甘肃师范大学学报副主编，西北民族学院汉语系代主任、教授，著有诗集《唐祈诗选》等。

圣者

——追悼闻一多先生

每一个人死时，决定
一生匆促的行踪，
有的缩小，灰尘般虚渺，
有的却在这秒钟
从容地爆裂，
世界忽然显得震动。

生疏的人们因你开始认识，
熟悉的在行列中更热烈地走在一起，
你无言的声音，张开
一面高空的旗——
飘扬在七月的晴空，
一个启示般庄严，美丽。

你的灵魂将被无数青年人
歌唱，如一座未来崇高的形象。

三弦琴

我是盲者的呼唤，引领他
走向黑暗的夜如一个辽远无光的
村落，微笑似的月光下没有一切支离残破，
我只寻找那些属于不幸的奇幻的处所。

市街消失了白日的丑恶，
路上的石头听我的歌声竖起它绊脚的
耳朵，门扇后面的妇女来谛听
命运，将来是一枚握得住的无花果吗！

在哪里坠落？或者幸福如一束灿烂的花朵，
但亡命的夜行人只能给我冷冷的一瞥，
他不能向我诉说什么，只从我这里
汲取些远了的故乡的音乐。忽现的
死亡隐退了，未知的疑虑，灾祸，
在三根发亮的弦上是一片旷野。
从他内心的黑暗听自我深长的喉管，
震颤着祝福像一个人讲着饱经的忧患。

天山情歌

闪光的金子在红沙滩，
我要作成你鬓角的一双耳环，
无论你走上多远的草原，
都听见我在耳边轻声呼唤。

花园里青青的古拉斯蔓，
有心灵的泪水浇它永不会枯干，
你两颗晶亮的黑葡萄一闪，
我会歌唱一百个夜晚。

你娇小的身影像水边的嫩柳，
红莹莹的唇齿像绽开珠宝的石榴；

啊，我这一颗碎裂的心为你所有。

请答允我一个秘密的愿望：
只要聪明的阿丽库伊在我身旁，
心又会变成一轮春夜的月亮。

猎手

他的目光被弦上的箭
早射向草原的尽头。
交错的阴影里他能瞥见
黑暗草丛中一只黑色的野兽。

寂静和狂暴都像草原风雷，
他小心翼翼在危惧中守候；
凶险的虎豹能把人的骨肉撕碎，
生命原是一场意志的搏斗！

他的棕褐色面孔像岩石刻成，
深深的皱纹里隐藏着青春，粗犷的力，
在闭锁的浑身肌肉中隆起。

现在人们对他惊奇，

看见他从未珍惜的青铜的肢体，
舒展在帐篷的爱情的夜里。

路过阳关

从古城雉堞上一抹夕照
我听见了历史无声的波涛
古西域的乐音在风中飘
我沉思如一棵静默的秋草

天边一队骆驼的剪影
把古城驮进了梦境
月亮的幽光，像大钟敲响
黑夜来了，我低下头想……

唐湜的诗

唐湜（1920—2005），原名唐扬和，浙江温州人。1943年考取浙江大学外文系。在校期间曾先后参加《诗创造》和《中国新诗》的编辑工作。1954年到中国戏剧家协会工作，任《戏剧报》编辑兼记者。1961年后在永嘉昆剧团任编剧。后供职于温州市文化局下属的艺术研究所。著有诗集《海陵王》《泪瀑》《遐思·诗之美》《霞楼梦笛》《蓝色的十四行》《唐湜诗卷》等。

序诗：迷人的十四行

迷人的十四行可不是月下
穿林渡水地飘来的夜莺歌，
那是小提琴的柔曼的流霞，
打手指约束下颤动地涌出的；

要编织声音、节奏的花环，
给她的手腕、脖子都套上，

要把星星、宝石一串串
嵌在她头上美丽的花冠上；

水泉能弹出淙淙的清泠，
是因为穿过了崖谷的窄门，
十四行能奏出铮铮的乐音
去感动爱人们颤抖的耳唇，
是因为通过诗人的匠心，
安排了交错、回环的尾韵！

美的幻象

呵，美的幻象，你就像
黄昏的静穆的小河那样，
降临到我的沉郁的眸子上，
突兀如庄严的水星闪光！

你神秘的来访给我带来了
音乐样感人的意象的喷射，
阳光样璀璨的诗意的流转，
月光样轻柔的爱情的呼唤；

可你，却像流云样飘忽，

一忽儿就消失于季节的风雨；
为了要跟你作神奇的行旅，
我掀开沉睡的生命的帷幕，
可走过多少葳蕤的林间，
又访问了多少水流、芳甸！

给邻人们

呵，亲爱的邻人，我在
给你们打扫门前的大道，
叫你们一开门，就能看到
太阳的光芒照耀着绿海；

可以摇下树上的花瓣来，
去坡下听枝上的雀儿呼叫，
或数数树木的年轮，寻找
自己少年时候凝望的云彩；

呵，这辈子可能穿几双屐？
谁不会有这样深深的感喟？
我一路打扫着，一路忆起
老年的祖父怎么一早起
就里里外外地打扫着尘土，

这忽儿可该我向清晨欢呼！

这世界是这么广大

这世界对人类是这么广大，
可我们，却要以波涛为家，
好像山峦要淹没平阳，
我们不能不飘荡在水上；

我划行于水巷里幽暗的夜，
看一扇扇窗子开出个世界；
快活、温暖，又光亮、鲜艳，
可我们，却在这世界外面！

有时，我们打现在的山巅，
惊悸地眺望着过去的风烟，
飘然在时间之河里远游，
却永远不再能回头倒流，
就只有未来在前面闪烁，
要我们再一次去水上漂泊！

旅意

恍若有一个古代的旅人，
望关河寥落，处处有寒烟
飘散于草莽，忽慨然忆念
洛阳的宫阙半埋于荒径；

有如山中的伯鸾欲朗吟
《四噫》的诗，未成而向前，
远眺着古道坦直地伸延，
不见那灞陵岸上的折柳人；

乃行歌《阳光三叠》，送人
回乡访虎溪上的白莲隐者，
忽忽似若有所思，心恻恻，
觉百年晨夕犹春夜的一梦，
看江水滔滔，东流不复回，
学青莲吟园中的桃李芳菲！

彭燕郊的诗

彭燕郊（1920—2008），原名陈德矩，福建莆田人。1938年后历任新四军第二支队宣传队员、军战地服务团团员，《力报》副刊编辑，中华全国文艺界抗敌协会桂林分会常务理事、创作部部长，《广西日报》副刊编辑，《光明日报》副刊编辑，湖南大学中文系副教授，湘潭大学中文系副教授、教授等。著有诗集《彭燕郊诗选》《高原行脚》，评论集《和亮亮谈诗》。

扒薯仔

薯厢已收获过了
用犁翻去薯叶的园地裸露着
农人们已背着收获物回家去了
于是，像打扫过的打谷场有觅食的鸟雀
一群孩子
蜂涌着伏到耕开的泥土上
开始在那里用小手扒着遗剩的小薯仔

时候已经不早了

昏影渐渐地浓重……

热心的小手们还在努力着

寻找那和他们的小指一样大小的遗留物

用一阵阵欢喜的狂呼

对照出黄昏时沙原的空旷

直到夜色已深

直到他们分辨不出哪是手指哪是薯仔

他们才在树下的草地上

用枯枝燃起野火

烧烤那些寻到的食品

火光映着他们暗红的热诚的脸孔

扇出地下茎球的焦香

他们把黑色的薯仔分成小堆

开始从一个同伴的手里

用几根草叶为自己应得的一份拈阄了……

读信

——得多年音讯不通的友人来信

长久长久地凝望着月亮

眼泪大滴大滴地落了下来

月亮在凝望里模糊了
止不住的泪水一滴滴地落到月亮上

飘过来一片白云的手帕
柔软的，圆圆的白云的手帕
把沾满泪水的月亮轻轻揩拭

揩干眼泪，月亮还是那样晶莹
大滴大滴的眼泪还在那里落着
当心呵，再不要让泪水模糊了月亮……

一朵火焰

——呈孟克

一朵火焰，有柔和的光
不是摇晃不定的、闪烁的光
是恬静的，越看越亲切的光
可以长久长久地注视的光

一朵火焰，水晶球一样迷人
平滑的棱面里，火花在融化、沉淀
在凝练成半透明的液汁
轻微的颤动里，映现着一个世界

一朵火焰，缓缓地散布光芒
幽静的光波悠悠潺湲
隐约可闻的光的声波
伴奏着火焰的难以捉摸的扩散

一朵火焰，把我全身裹满
温软的光芒，细腻的光芒
丝丝缕缕地把我包裹
知道我有一颗幼小的、稚嫩的心

一朵火焰，靠近我，把我的心照亮
每一道光的跳动都掩映在我的心上
每一道光的流荡都折射在我的心上
和着每一次增强后的减弱，微暗后的复明

一朵火焰，平凡的圣迹
在它的每一个斜面和尖端上
在所有的金红的雾霭和阴翳里
殉教者般地发光，但不耀眼，也不刺目

盐的甜味

——怀一位前辈

也许痛苦真能给人解脱
此刻，你尽情地享受
这长时间的抽噎带来的晕眩吧
潸潸的热泪是湿淋淋的、暖烘烘的呢

胀痛了的眼睛给烧灼的双颊带来的
这暖烘烘的泪水，且慢用笨拙的手掌去揩吧
滂沱的热泪流过呜咽的唇边时
你，尝过了吗？那是咸的，饱含着生命的盐味的

从泪腺里流出来的泪水，是无色的血液
和从血管里流出来的鲜红的血液是一样的
过多地失去盐分，就不会有血液了
和流血一样，流泪也是生命的重大支付呵

流血的伤口会感到刺心的剧痛
灵魂的伤口——眼睛，却只感到麻痹
在一阵号啕大哭和长时间无声的饮泣的交替里
哀伤中的神思恍惚是会教你镇定下来的

体味着悲哀，体味着痛苦之中最痛苦的
生和死的隔阂带来的憾恨
你，尝到了吗？生命的盐里
却有着甜味呢：甜的醒悟和甜的理解

眼睛

——给一个好学的孩子

走近来，看看我，看我的眼睛
难道你没有看到：我是这样幸福
我的眼睛是这样地被希望所充满

走近来，看看我，但不要碰我
难道你没有看到：我的眼睛像透熟的浆果
碰一下，不，吹一下，果浆就会溅出来
我的眼睛已经装得满满的，像只酒杯
酒已经装得比杯口还要高了——轻些，轻些
不要动它，瞧，它就要喷出来了

走近来，看看我，看我的眼睛
它已经装不了这么多的希望，这么多的热情
它就要炸开了，可是它还想装得更多、更多

更多的，更美更强烈的希望和热情

走近来，看看我，对着我的眼睛看
让我感到幸福，让我知道你也是幸福的
我知道，希望能够给我幸福，也能够给你

哎，我是多么幸福，多么的称心
这么多的希望装满我的眼睛
让我分一点给你，可以吗？
当你看着我的时候
让你也感到幸福，我就更加幸福了

冀汸的诗

冀汸（1918—2013），原名陈性忠，湖北天门人。1947年毕业于复旦大学历史系。在复旦大学期间与邹荻帆、绿原、曾卓等共同成立"诗垦地社"，创办《诗垦地丛刊》。新中国成立后，历任杭州安徽中学教务主任，《浙江文艺》编辑、创作组组长，《江南》编委等。曾任中国作家协会理事、名誉委员，浙江省作家协会副主席、顾问。著有诗集《这里没有冬天》《故园风雨》等。

我

最熟悉我的坎坷的是我

最不能掌握我的"命运"的也是我

最了解我的隐私的是我

最不明白我的缺点的也是我

最忠实于我的朋友的是我

最不肯和我妥协的对手也是我

我是我的矛

我也是我的盾
我的矛能够刺穿我的盾
我的盾也可以挫断我的矛
我活着只能永远是我自己
我死了更不会忽然变成别人

航标

再没有比你更孤单的
远离两岸
站在流水中间
前后左右
没有一个伙伴

再没有比你更辛苦的
大风大雨
潮涨潮落
照旧蹲在原处
寸步也不移动

再没有比你更寂寞的
巨轮驶过去
小船划过来

谁都看见了你
谁也不跟你招呼

再没有比你更认真的
老用沉默的语言向水手诉说
哪里是浅滩
哪儿有暗礁
黑夜里一闪一闪眨着眼睛
指明安全的航道

回响

我听到了，我听到了你们的呼唤，
听到了怀念与信任，听到了友谊和温暖。
我们被隔开了：隔着山，隔着水，
隔着颠倒的岁月。
似乎隔得太久了吧？四分之一世纪！

不，那算不了什么的。
在历史的长河里，那不过是
无关轻重，难以计算分量的一星半点！
风吹雨打，只能把
灰沙卷走，污泥冲掉，

玄武岩会留下来，变成矗立的高峰。
它和云彩在一起，它同太阳更亲近。

我听到了，我听到了你们的呼唤，
听到你们到处寻访的足音。
日复一日，年复一年，我在干什么呢？
我从来没有停歇，一直在劳动，搬砖运瓦；
我从来没有喑哑，一直在歌唱，不过用的超声波；
我从来没有泄气，更谈不上绝望；
——那是懒汉的把戏，懦夫干的勾当！
我有一个不渝的信念：
黑夜的尽头是黎明，一定是黎明，
沸腾的海上，浮起绚丽的霞光。

我的模样变了吗？没有。
我还是你们记忆里的那个样子：
一头卷发，不过已经斑白；
一双深陷的鹰眼，不过有些老花；
还是容易激怒，说话不会拐弯；
苦难的历程使我老了，
但那颗跳动的心，还像从前一样年轻。

寂寞吗？是的，我只是一个人。
我没有家，只有一处住所。

我唱完劳动号子，回到十二平方米的房间，
又开始另一种生活——
读完一天收到的报纸、杂志，
听收音机报告南海喷出了原油……
何况伴随我的
还有画家笔下的花朵，翱翔长空的雄鹰，
还有司马迁，李、杜和辛稼轩……
还有巴尔扎克，契可夫……

他们热情地向我介绍了许多人物：
有的可恨，因为那是渣滓，那是敌人；
有的我愿意亲近，很想同他们交谈。
莎士比亚介绍的
那个优柔寡断的哈姆雷特，我却想教训他一顿！
屠格涅夫介绍的
那个夸夸其谈的罗亭，如果还在人世，我一定劈他两记耳光！
我倒确实欢喜塞万提斯介绍的
那个吉诃德先生，尽管傻头傻脑，但绝对真诚……
寂寞，我不怕！泥土里的种子
不就是在寂寞里萌芽，在寂寞里生长，又开花？
何况眼下的日子，正像收音机唱的那样：
《我们的生活充满阳光》！

我听到了你们的呼唤，这就是我的回答。

一匹伏枥老骥，已起步驰奔，
在新长征的行列里，紧跟前面飘扬的红旗。
我这回答，声音也许太轻微吧！
不要紧，我会在千山万壑中回答，
定将引起回响，一个回响接一个回响，
一声比一声更响，一声比一声更大。
战友们，你们都会听到它。

我的歌

母亲唱的催眠歌
孩子要听的
曼陀铃弹奏小夜曲
恋人们要听的

我的歌
谁爱听呢？

我的歌
没有声音
问号不少
惊叹号更多

怀念

开阔地带
歌声最宽广
由于这个缘故
风怀念大戈壁
水怀念海洋

吴兴华的诗

吴兴华（1921—1966），浙江杭州人。16 岁被燕京大学西语系破格录取。同年在《新诗》杂志发表长诗《森林的沉默》。26 岁被燕京大学破格提拔为英语系副教授，31 岁成为北京大学西语系英语教研室主任，33 岁成为西语系副系主任。是首位向国内介绍乔伊斯的《尤利西斯》和《芬尼根的守灵夜》的人。翻译的《神曲》和《亨利四世》被翻译界推崇为"神品"。

西珈（一）

像一个美好的梦景开放在白日中间，
向四周舒展它芳香鲜艳欲滴的花瓣，
同样我初次看见她在人群当中出现，
不稳的步履就仿佛时时要灭入高天。

她的脸如一面镜子反映诸相的悲欢，
自己却永远是空虚，永远是清澄一片。

偶尔有一点苍白的哀感轻浮在表面，
像冬日呵出的暖气，使一切润湿黯然。

不能是真实，如此的幻象不能是真实！
永恒的品质怎能寓于这纤弱的身体，
颤抖于每一阵轻风像是向晚的杨枝？

或许在瞬息即逝里存在她深的意义，
如火链想从石头内击出飞迸的歌诗，
与往古遥遥的应答，穿过沉默的世纪……

湖畔

已经是秋天了，湖边的群树
落下各色的叶子；如苇的轻舟
悄然的在蓝水上飘流，
啼鸟的堤上恋人们在缓步。

真是秋天了，群树着了新装，
湖上笼罩着轻轻的雾，
红雀低鸣在夕阳尽处，
景物萧索而悲凉。

恋人们永远是年青的，
她们散立在寂寞的湖滨，
看蓝空与水接处，一点白银
帆篷载着落照向远方流去。

她们面对着光亮的青天，
环绕着她们是沉沉的花气，
一缕春之音调是哪里来的？
湖上又飘去一叶小白船。

暂短

上星期我送给你一束朝霞的玫瑰
流溢着春的气息，使人追想起江南
如今烛光伴着她洒下悲戚的眼泪
——玫瑰短的生命里并没有所谓明天

即使你暖的手掌曾以微明的泉水
洗涤她黄的枝叶，润湿她干的面颊
永远无法停止的是将前来的凋萎
——而在这冷的世上凋萎的不止是花

闭上眼，我像看见往古哀艳的故事

麋鹿跂足在廊下，苔藓缘遍了阶石
宫门前森然立着越国锦衣的战士
——一夜凄凉的风雨，吴宫埋葬了西施

歌

爱惜那池沼的紫影，
爱惜那落日的西方，
爱惜那森林的沉静。
而念到两岸的悠长。

爱惜那清幽的苔屋，
涟波洗濯着的芦苇，
爱惜那深秋的星宿，
掩映着天河的露水。

爱惜那风里的檐铃，
爱惜那迢遥的指点；
啊爱惜那远行的人，
记忆里的模糊的脸。

平静（一）

爱人同时被人所爱，在这荒凉的世中——
当秋风从林里吹过，扫下片片的枯叶，
当灰的墙洞里，灰的路边，蟋蟀的音乐，
缓缓升起如一支笛唱着过去的欢情。
在这世间我找不到与我同感的眼睛，
泉水里的影也不是我的自身——在深夜
梦中遇见的笑脸是如何的和平，亲切，
为何白昼就都变得冷酷，如座之坟茔？

当我伫足道旁察视一朵新开的玫瑰，
听见头上第一只鸟如一只笛的高唤，
我觉得那都是得为大地之子的光荣。
我们俱被生下为人类，
偶然飘下尘土的地面，
结果只剩下了名字……人们管这个就叫一生……

袁可嘉的诗

袁可嘉（1921—2008），浙江慈溪人。1946年毕业于西南联合大学外国语言文学系英国语言文学专业。历任北京大学西语系助教，中共中央宣传部毛泽东选集英译室翻译，外文出版社翻译，中国社会科学院外国文学研究所助理研究员、副研究员、研究员，研究生院副教授、教授。著有专著《现代派论·英美诗论》《论新诗现代化》等。主编《现代主义文学研究》等。

空

水包我用一片柔，
湿淋淋浑身浸透，
垂枝吻我风来搂，
我的船呢，旗呢，我的手？

我的手能掌握多少潮涌，
学小贝壳水磨得玲珑？

晨潮晚汐穿一犀灵空。
好收容海啸山崩？

小贝壳取形于波纹，
铸空灵为透明，
我乃自溺在无色的深沉，
夜惊于尘世自己的足音。

归来

我带着闪耀的青春归来，
家里人却说我老了，
老了——因为我的梦都说尽了。

有时，它们却像密集而来的风暴，
摇撼，我如顶黑夜载风雨的秃树，
痛楚地辨认残枝枯叶的呼叫。

名字

当你从铺满阳光的大道，
转入成直角的小巷，

迎面过弄里蓦地推来一堵黑墙，
你怔住了——
怔住于一个久已喊过的名字的回响。

出航

航行者离开陆地而怀念陆地，
送行的视线如纤线在后面追踪，
人们恐怕从来都不曾想起，
一个多奇妙的时刻：分散又集中。

年轻的闭上眼描摹远方的面孔，
远行的开始担心身边的积蓄；
老年人不安地看看钟，听听风，
普遍泛滥的是绿得像海的忧郁；

只有小孩子们了解大海的欢跃，
破坏以驯顺对抗风浪的嘱咐，
船像摇篮，喜悦得令人惶惑；

大海迎接人们以不安的国度：
像被移植空中的断枝残叶，
航行者夜夜梦着绿色的泥土。

母亲

迎上门来堆一脸感激，
仿佛我的到来是太多的赐予；
探问旅途如顽童探问奇迹，
一双老花眼总充满疑惧；

从不提自己，五十年谦虚，
超越恩怨，你建立绝对的良心；
多少次我担心你在这人世寂寞，
紧握你的却是全人类的母亲。

面对你我觉得下坠的空虚，
像狂士在佛像前失去自信；
书名人名如残叶掠空而去，
见了你才恍然于根本的根本。

绿原的诗

绿原 (1922—2009)，原名刘仁甫，湖北黄陂人。1942 年至 1944 年在重庆复旦大学外国文学系学习。1949 年至 1953 年任中共中南局《长江日报》社文艺组副组长，1953 年至 1955 年任中共中央宣传部国际宣传处组长，1983 年任人民文学出版社副总编辑。曾任中国作家协会名誉委员。译作《浮士德》获首届鲁迅文学奖优秀文学翻译彩虹奖。

中国的风筝

从蚂蚁的地平线飞起
从花蝴蝶的菜园飞起
从麻雀的胡同飞起
从雨燕的田野飞起
从长翅膀的奔马扬起一蓬火光的草原飞起

带着幼儿园拍手的欢呼飞起
带着小学校升旗的歌曲飞起

带着提菜篮子的主妇的微笑飞起

带着想当发明家的残疾少年的誓愿飞起

带着一亿辆自行车逆风骑行的加速度飞起

飞过了戴着绿色冠冕的乔木群

飞过了传递最新信息的高压线

飞过了刚住进人去的第二十层高楼

飞过了几乎污染了云彩的煤烟

飞过了十次起飞有九次飞不起来的梦魇

望得见长城像一道堤埂

望得见黄河像一条蚯蚓

望得见阡陌纵横像一块棋盘

望得见田亩里麦垛像一枚枚小兵

望得见仰天望我的儿童们的亮眼像星星

说不定被一阵劲风刮到北海去

说不定被一行鸿雁邀到南洋去

说不定被一架喷气式引到外国港口去

说不定被一只飞碟拐到黑洞里去

说不定被一次迷惘送到想去又不敢去的地方去

飞吧飞吧更高一些飞吧

任凭万有引力从四面八方拉来扯去

只因有一根看不见也剪不断的脐带

把你和母体大地紧紧相连才使你像

一块神秘的锦绣永远嵌在儿时的天幕

谢谢你

谢谢你

谢谢你悄悄

投给我

一个看不见的微笑：

就像二月的阳光

穿过冻云

亲切地抚摸着

被践踏的麦苗；

又像麦苗

经住了冰雪的重压

却经不住一丝阳光

开始在寒风中颤抖一样，

我一点也不在乎那些呵斥，

而这个微笑却令我心慌：

天气还冷着呢

生命还在冬眠呢

我却醒了，醒得太早⋯⋯

唤醒我的
不是春天
而是对春天的希望。

信仰

罗马斗兽场中间，
基督教圣处女
站在猛兽面前
以微笑祈祷：
——上帝与我同在呵！

斗争养育着生命：
胜利一定与我们同在！
站在断头台前
我们微笑，
我们不祈祷。

小时候

小时候，
我不认识字，

妈妈就是图书馆。
我读着妈妈——

有一天，
这世界太平了：
人会飞，
小麦从雪地里出来，
钱都没有用……

金子用来做房屋的砖，
钞票用来糊纸鹞，
银币用来漂水纹……

我要做一个流浪的少年，
带着一只镀金的苹果、
　　一只银发的蜡烛
　　和一只从埃及王国飞来的红鹤，
旅行童话王国，
去向糖果城的公主求婚……

但是，妈妈说：
"现在你必须工作。"

我的记忆

我的记忆是羞怯的
它总躲在遗忘的身后

我的记忆有时是冒失的
它忽然当众揭下了面具

我的记忆是懂事的
它从不抓挠灵魂的赤肉

我的记忆有时是疯狂的
它像一柄利刃向失眠之夜猛扑

我的记忆是刚烈的
它能咬牙忍泪刮骨疗毒

我的记忆有时是随和的它常用微笑抹掉血迹斑斑

我的记忆是丑陋的
它是雀鸟不屑一顾的一株朽木

我的记忆永远是浪漫的

它是荒岛上一缕顽强的炊烟

牛汉的诗

牛汉（1923—2013），原名史成汉，蒙古族，山西定襄人。1943年入西北大学学习。1944年参加革命。新中国成立后在中国人民大学研究部工作。1950年参加抗美援朝。1952年任东北空军直属部队文化学校教务主任。1953年到人民文学出版社工作，历任现代文学编辑室主任、《新文学史料》主编等。诗集《温泉》获第二届全国优秀新诗（诗集）奖（1983—1984）。

三月的黎明

蓝色的湖面，
吐出一溜泡沫，
那是鱼群在水里
开始了一天的行进与歌唱。

村边的一片荒地，
微微地颤颤地被掀动，

那是笋尖向坚硬的地层
发起最后的冲击！

没有一点风，
竹林的枝叶瑟瑟摇动，
那是醒来的鸟雀扑扇着
露水打湿的翅膀。

窗外闪过一道道光亮，
那不是阳关，
是小小的蜜蜂
急匆匆地飞向开满桃花的山冈

华南虎

在桂林
小小的动物园里
我见到一只老虎。

我挤在叽叽喳喳的人群中，
隔着两道铁栅栏
向笼里的老虎
张望了许久许久，

但一直没有瞧见
老虎斑斓的面孔
和火焰似的眼睛。

笼里的老虎
背对胆怯而绝望的观众，
安详地卧在一个角落，
有人用石块砸它
有人向它厉声呵斥
有人还苦苦劝诱
它都一概不理！

又长又粗的尾巴
悠悠地在拂动，
哦，老虎，笼中的老虎，
你是梦见了苍苍莽莽的山林吗？
是屈辱的心灵在抽搐吗？
还是想用尾巴鞭打那些可怜而可笑的观众？

你的健壮的腿
直挺挺地向四方伸开，
我看见你的每个趾爪
全都是破碎的，
凝结着浓浓的鲜血！

你的趾爪
是被人捆绑着
活活地铰掉的吗？
还是由于悲愤
你用同样破碎的牙齿
(听说你的牙齿是被钢锯锯掉的)
把它们和着热血咬碎……

我看见铁笼里
灰灰的水泥墙壁上
有一道一道的血淋淋的沟壑
像闪电那般耀眼刺目！
像血写的绝命诗！

我终于明白……
羞愧地离开了动物园，
恍惚之中听见一声
石破天惊的咆哮，
有一个不羁的灵魂
掠过我的头顶
腾空而去，
我看见了火焰似的斑纹
火焰似的眼睛，
还有巨大而破碎的

滴血的趾爪！

巨大的根块

村庄背后
起伏的山丘上
每年，每年
长满密密的灌木丛

一到深秋时节
孩子们挥着柴刀
咔嚓，咔嚓
斫光了它们
只留下短秃秃的树桩

灌木丛
年年长，年年被斫
挣扎了几十年
没有长成一棵大树

灌木丛每年有半年的时光
只靠短秃秃的树桩呼吸
它们虽然感到憋闷和痛苦

但却不甘心被闷死
灌木丛顽强的生命
在深深的地底下
凝聚成一个个巨大的根块
比大树的根
还要巨大
还要坚硬

江南阴冷的冬夜
人们把珍贵的根块
架在火塘上面
一天一夜烧不完
报块是最耐久的燃料
因为它凝聚了几十年的热力
几十年的光焰

冬天的青桐

我的门口
兀立着一棵青桐

江南的冬天
青桐宽阔的叶子

纷纷凋落
然而笔直的树干
还是春天那样碧青
还是秋天那样光洁

秃秃的枝丫
高高举起
直捣灰蒙蒙的天空
没有一根倾斜
更没有一根弯曲

青桐的枝丫
紧攥一个个拳头
在呼啸的寒风中
不停地挥动
发出颤颤的金属的声音
望着在寒风中
用颤音歌唱的青桐
我突然明白了我们聪明的祖先
为什么喜欢用青桐制琴

青桐，青桐啊
你的木质敏感，纹理美丽
像心肌布满了神经

你的坚韧而有弹性的性格
成为琴的歌唱的灵魂

羽毛

冬天，黄昏
窄细的小巷里

我的前面
一片棕色的羽毛
在飕飕的冷风中
梦幻般飞旋，活泼泼地

它越过一堵斑驳的泥墙
从枣树尖顶飞过
像鸟一样昂起头
升向灰灰的天空

我相信：它是一片
鹰的羽毛

李季的诗

李季（1922—1980），原名李振鹏，河南唐河人。毕业于抗日军政大学。曾任八路军游击大队副指导员、八路军总部特务团营指导员。1940年参加"百团大战"。新中国成立后，历任《长江文艺》主编，玉门油矿党委宣传部长，中国作家协会创作委员会副主任，中国作家协会兰州分会主席，《诗刊》主编，《人民文学》主编，中国作家协会副主席、党组副书记、书记处常务书记等。

白发与皱纹

一

几许年华之后，当我们的
孩子长大的时候，
他若是向我发问：
——爸爸，为什么
您白发满头？

在您的面额上，
又为什么
布满了皱纹如沟？

二

亲爱的，我将
怎么回答他呢？

三

我将对他说：
——知道这原因的，
只有你母亲一人；
能够回答你的，
也只有你的母亲。
她将会对你说：
长期的艰难苦辛，
还有，更重要的——
在我向她求爱时，
她曾冷酷地折磨过
我痛苦的心。
从此
深沟似的皱纹，
在我的面额上
刻下了烙印；

从此
银白色的寒霜，
遮满了我乌黑的
头发和双鬓。

四

不对，我的父亲，
您不是故意骗我，
就是冤屈了我的母亲。
看您俩，现在亲热地
活像一个人似的，
我怎么也不会相信，
那时候，她呀，
她会那样冷酷，
她的心，
竟会那样狠！

一听说冷湖喷了油

一听说冷湖喷了油，
止不住心里好喜欢。
千人狂喜万人歌，
贺电就像雪片般。

一听说冷湖喷了油，
油柱滚滚冲向天。
芳香原油流满地，
沙滩转眼变海滩。

一听说冷湖喷了油，
不住气喷了十几天。
喷出原油千百吨，
车拉罐装运不完。
一听说冷湖喷了油，
原油流满戈壁滩。
戈壁变成大油海，
油光闪闪波浪翻。

一听说冷湖喷了油，
柴达木盆地闹翻天。
千顶帐篷锣鼓响，
万杆红旗飘山川。

一听说冷湖喷了油，
人人争把喜讯传：
盆地原是聚宝盆，
柴达木是祖国的大油田。

一听说冷湖喷了油，
浑身流汗笑满脸；
五年苦战未白过，
给祖国找到了一个大油田。

一听说冷湖喷了油，
嘴里欢唱心里甜。
严寒风沙成过去，
酷热蚊咬只等闲。
一听说冷湖喷了油，
满怀信心望明天。
单等火车进盆地，
原油似海拉不完。

一听说冷湖喷了油，
昆仑山上吐豪言：
柴达木是祖国的新玉门，
油像长江黄河流不断。

最高的奖赏

多少人爱恋着

明媚秀丽的水乡。
多少颗年轻的心，
长起翅膀飞向南方。

可是我呀，
我却爱着无边的戈壁，
我把玉门油矿当成了自己的家乡。

广阔的生活道路，
培育着万千种美妙的理想；
那崇高的令人羡慕的荣誉，
又曾使多少颗心为之激荡。

可是我呀，
我只愿意当一名石油工人，
一顶铝盔就是我的最高奖赏。

致北京

在我们美妙的语言里，
再没有什么比你的名字更加动听；
在我们祖国的地图上，
还有哪里能像你吸引着我们的心灵？

在我们这里，把那些
去过北京的人都叫作幸福的人；
在我们这里，把从你身边
传来的一张纸片看得比爱人的信还亲。

一辆油罐车正在暴风雪里驶行，
年轻的司机紧瞪着两只大大的眼睛，
他在注视着前进的道路，也瞥视着
那贴在挡风玻璃角上的天安门的图景。

十月里，当你的礼炮，
震动着祖国蓝色的天空，
是谁在油井区路边的雪地上，
歪斜地写了一长串——北京，北京……

每一次见到你的名字，
都会引起我们的激动；
你甚至还常常出现在
我们劳动后的甜梦中。

在我们谈心的时候，
谁对谁也不隐瞒自己的感情；
哪怕是能在你的怀抱里住上一天，

这就是我们一生里最大的光荣！

为了这个愿望，我们
日日夜夜地进行着创造性的劳动；
一个信念无时不在鼓舞着我们，
——条条道路，通往北京！

寄白云鄂博

我站在镜铁山顶，
放眼向东方瞭望。
我要把一封信儿，
请苍鹰投到蒙古草原上。

信儿要投到白云鄂博，
要投到那繁荣的钢铁大街。
就说它们的一个将要出生的兄弟，
向它们祝贺春节！

嘉峪关外大野茫茫，
这儿将是我出生成长的地方。
我的邻居将是数不清的年青城市，
还有那屹立在祁连山下的玉门油矿。

我还没有出生，
你就开始长成；
当我牙牙学语，
你就在为祖国歌唱。

我们的大哥哥——鞍山，
已经为祖国立了功勋。
武钢和你，
也将要迎头赶上。

比起你们来，
我的年纪最轻；
亲爱的哥哥请相信我，
我决不会损害咱们钢铁兄弟的光荣。

听见没有
那气壮山河的壮语？
我的心跃跃欲动，
我真想即刻下山大干一番。

咱们兄弟四个，
分住在东南西北四边。
让咱们燃起熊熊的钢铁火焰，

映红祖国的地和天。

那时候，我和你——
大戈壁和蒙古草原，
将要用烟囱作喇叭筒，
向伟大的人民汇报说：
我们实现了你的夙愿！

曾卓的诗

曾卓(1922—2002)，原名曾庆冠，湖北武汉人。1940 年加入全国文协，与邹荻帆、绿原等人组织诗垦地社，编辑出版《诗垦地丛刊》。1943 年入重庆中央大学历史系学习，1944—1945 年编辑《诗文学》。1947 年毕业后主编《大刚报》副刊《大江》。1952 年任《长江日报》社副社长、武汉市文联副主席。1961 年任武汉话剧院编剧。1979 年复任武汉市文联副主席。

我能给你的

你说你并不需要一座金屋
而我能给你的只是一个小巢

我一口一口地到处为你衔草
温暖你，用自己的体温和自己的羽毛

我用嘶哑的喉咙唱着自己的歌

为你，为了安慰你的寂寞

我愿献出一切
只要你要，只要我有

呵，并不贫穷
这一切都是属于我们的：

旷野、草原、丛莽
海洋、天空、阳光……
让我们在小小的巢中栖息
在无垠的天地翱翔

无言的歌

我不必祈求你此刻得不到的东西，
——我不必祈求你的幸福。
日日夜夜，我只祝愿你平安。
如果你平安，在此刻就是你最大的幸福了，
如果你平安，在此也就是你给我的最好的祝福。

我要献给你一首诗
——那是一直在我心中的。

当我要将那献给你时，却找不到言辞。

那么我就献给你一首无言的歌吧。

让我的无言的歌飞去陪伴你的无言的寂寞。

让我的无言的歌帮助你也帮助我生活。

海的向往

从退潮的沙滩上
我拾回了一只海螺
想用它代替丢失的芦笛
吹奏一支海的歌

平静的日子使我烦忧
渴望着风暴和巨浪
我的心里充满了乡愁
——大海呵，我的故乡

我没有能吹响
那有着波涛气息的海螺
它搁浅在我的案头
我们相互默默地诉说
海的向往和海一样深的寂寞

我遥望

当我年轻的时候
在生活的海洋中，偶尔抬头
遥望六十岁，像遥望
一个远在异国的港口

经历了狂风暴雨，惊涛骇浪
而今我到达了，有时回头
遥望我年轻的时候，像遥望
迷失在烟雾中的故乡

悬崖边的树

不知道是什么奇异的风
将一棵树吹到了那边——
平原的尽头
临近深谷的悬崖上
它倾听远处森林的喧哗
和深谷中小溪的歌唱
它孤独地站在那里

显得寂寞而又倔强
它的弯曲的身体
留下了风的形状
它似乎即将倾跌进深谷里
却又像是要展翅飞翔……

鲁煤的诗

鲁煤（1923—2014），原名王夫如，河北望都人。1944 年入重庆国立艺术专科学校学习。1946 年赴晋察冀解放区，入华北联合大学学习。同年任华北大学文艺研究室文学组创作员。新中国成立后，历任中央戏剧学院创作室、文化部艺术局创作室、中国戏剧家协会创作室编剧，《戏剧报》《剧本》月刊编辑，中国戏剧出版社副总编辑、编审。著有诗集《扑火者》等。

树和我

一

童年，我家院里的树

邻居家和村里、村外的树

都高不可攀。我抬头仰望

想抓住那美丽、崇高的枝条

扬手，踮脚尖，往上跳，都够不着

妄想看清树冠顶上的神秘
跑老远，回头向上，仍看不见
羡慕喜鹊，随意上树梢

农家把一切树都看成摇钱树
大人修剪小树，专让它窜高
以防孩子触摸，碰折了
等树长大成材，就刨下来卖钱
买米度春荒，盖房做栋梁
或给老人做棺材

我长大，树更长大
我长高，树更长高
我永远自卑
树永远高傲

二

如今，我登上元大都土城墙极顶
它拔地而起，托我上青天
城墙根两侧长上来的林带
似一落千丈，跌入深谷
只有树梢，齐我肩头

我在城头漫步——可能像当年关汉卿

来此构思《窦娥冤》那样
左侧的树梢扬臂拦路挽留
右侧的嫩枝群起亲吻、拥抱
直到此刻，树才和我平等友好
我不再自卑
树不再高傲

我顿悟：
人生之道呵
起点要高！

在公交车厢里

抬腿挤进公交车厢里
迎门座椅上一妇人投我一瞥

车行三站，她起身要下车
招手邀我去坐

还弯腰张臂护住那椅子
不许别人争夺

下意识，我看一眼面前立着的男青年

他目光友善，默示我该坐

我就座。顿时浑身飘飘然如驾云
感激和幸福融化了我

大半生专为老人和孩子让座
平生第一次，享受别人让我

我忽地哑然失笑了
笑什么？——自己也大惑不解

急思索。噢，笑那位妇人太多情：
本人并不老，您为什么让我？

不，笑我自己：既然人家公认你老相
为什么还自以为青春年少，壮怀激烈？！

寄海南农垦兄弟

汽车循沿忽上忽下、腾跳奋进的公路，
冲破了高山、低岭的绿色植被。

公路是起伏连绵、伸延无尽的河床，

两侧的热带林是隔河对峙的岸壁。

强酸性红土路面，如殷红殷红的路毯，
丽日下熠熠生焰，炙手可热；

两岸的热带林，苍绿苍绿，
似超巨型冷风箱，贮满醉人的凉意。

是不懂色彩学的幼儿，胡乱把冷热不调、
强烈对比的色纸剪贴在一起？

非也，是美术大师驰骋老辣的激情与灵感，
在矛盾对立中寻求内在的哲理性统一！

这里是祖国南疆的天涯海角，
农垦战士战斗、生息的天地；

他们披荆斩棘，开辟出这一条条
通往祖国腹地、通往当代世界的大路。

两岸的热带林，是四季常青的橡胶园，
环扣着五指山系浩渺的植物群体；

这是父子两代理想和青春的升华，它们以

洁白的乳汁，哺育祖国工业的一个幼子。

呵，他们，他们就是非凡的艺术大师——
老农垦，及其和橡胶树并肩长大的子弟！

致深圳市花——簕杜鹃

过去，我不明白：为什么
你一年到头，不分昼夜
总是盛开着满丛、满枝的艳红花朵
像土地点燃起的熊熊圣火
不明白：你艳红的胭脂，圣火的燃料
总是源源不断，从哪里取来？

今天，住进西丽湖畔，我明白了：
这里环绕四方的常绿山林
一年到头，不分昼夜，都有杜鹃鸟
因在召唤早逝的情侣的亡魂归来

它声声痛哭，五内如焚，呕心沥血
鲜血和热泪滴进土地
滋养你的根茎，渲染你的花瓣
绵绵此恨啼不尽，艳艳你花永不谢

梅雨季来了，连天阴雨打不落你的繁花
只能促使你更加怒放、光焰耀眼
因为你是血泪燃起的不熄圣火
淅沥沥的雨幕遮不断啼声从山林传来
只是使它更加深沉、悠远、缥缈
我侧耳倾听，倍觉惊心动魄

我曾循着啼声，披荆登山
仰望青松枝头，寻觅杜鹃鸟
想向它表示感佩、慰问，进行心灵的对话
但是它，始终隐形不露
只把声声啼唤传来：忽远、忽近
忽东、忽西，令我捉摸不定

但是回过头来，我从你——
籁杜鹃花，看见了它：
艳丽、芬芳、庄重、热烈
因为你就是它心灵的外化
如今，深圳市，站在改革开放前沿的
现代化的小伙子，钟情于籁杜鹃
把它戴在自己笔挺西装的胸襟上
炫耀着青春、健美和爱的忠贞

在公共汽车里

长着各样成年面孔的男人们
大模大样地坐满每一把椅子
都不屑给这三岁男童让坐

男童蹲在一把椅子根儿里
背靠妈妈颤栗的双膝

短裤长裤的丛莽中
孩子像朵可怜的小花
谁在抢夺他的阳光空气

这些男人的童年，都是坐着
别人谦让的座位平安长大的
什么都可以变易
当这苦孩儿也长成小伙子

闻捷的诗

闻捷（1923—1971），原名赵文节，江苏镇江人。1940 年入延安陕北公学学习，后参加部队文工团。1945 年任《群众日报》编辑和记者组组长。1950 年后任新华社西北总社采访主任、新疆分社社长。1956 年任《文艺报》记者。1958 年任中国作家协会兰州分会副主席。1960 年当选中国作家协会理事。1961 年任中国作家协会上海分会专业作家。1962 年任中共丹徒县委常委。著有诗集《天山牧歌》《生活的赞歌》，长诗《复仇的火焰》等。

告诉我

告诉我，我的姑娘！
当春风吹到吐鲁番的时候，
你可曾轻轻呼唤我的名字？
我守卫在蒲犁边卡上。

我常常怀念诞生我的村庄，

那里有我幼时种植的参天杨；
在淡绿的葡萄花丛中，
你和百灵鸟一同纵情歌唱。

此刻，我正在漫天风雪里，
监视着每一棵树、每一座山冈；
只要我一想起故乡和你，
心里就增添了一股力量。

当我有一天回到你身旁，
立即向你伸出两条臂膀，
你所失去的一切一切，
在那一霎间都会得到补偿。

告诉你，我的姑娘！
我过去怎样现在还是怎样，
我永远地忠实于你，
像永远忠实于祖国一样。

春讯

山洼里蒸腾着雾气，
积雪跟随它轻轻飞去；

草芽拱出湿润的地面，
吐露出春来的讯息。

来自东方的风啊！
连牧人的心都吹得发绿了；
宁静的部落忽地沸腾起来，
仿佛那解冻的山溪。

一群小伙子打起唿哨，
扬鞭纵马朝山口奔去，
他们去察看南山牧场，
春草生长得是否茂密？

聚集在山冈上的老年人，
正观测初春多变的天气，
一会儿指点天边的云彩，
一会儿磋商哪一天迁移。

女人们简直像盘水磨，
帐篷里外转来转去，
刚刚烤热可口的干粮，
又赶忙去拾掇鞍具。

那些唱着、跳着的孩子，

眯起眼睛对着太阳笑嘻嘻；
他们喊声：欢迎春天来到！
山谷的回答也同样有趣……

春天是游牧开始的季节，
也是母羊产羔的时期，
像农民迎接金色的秋天，
牧人满怀一百个欢喜。

乌江堡的秋天

一朵一朵白云，
飘忽在碧蓝的天空；
一束一束稻穗，
送来一阵阵的香风。

抬头看呵，
万顷大海浪花涌；
低头看呵，
千里大地铺黄金。

一顶一顶草帽，
在稻田里来回晃动；

一把一把镰刀，
时而闪金时而闪银。

倘若没有河西调，
和远远的祁连雪峰。
我真像又回到江南，
回到故乡的小村。

疏勒河

你呵，蓝色的疏勒河，
静静地、静静地流着；
你两岸的荒滩和草地，
多么肥沃又多么辽阔！

你呵，蓝色的疏勒河，
多少年来是多么寂寞；
每天只有成群的黄羊，
从你身边轻轻地走过……

你呵，蓝色的疏勒河，
终于盼来最好的年月；
看！那是农人的足迹，

听！这是牧人的山歌。

你呵，蓝色的疏勒河，
今天也欢欣地唱着歌；
托起你那乳白的花朵，
呈献给东来的开拓者！

素描峡东

在这片荒凉的戈壁滩上，
人们临时搭起一座帐篷的市镇；
地图上虽然还没有填上它的名字，
西行的人都知道它叫峡东。

每天，列车从东方而来，
载来满车的歌声、笑容、火热的心，
也载来水泥、钢管、金属成品，
和内地城市的繁荣。

条条公路都插着路标——
到柴达木、到马鬃山、到乌鲁木齐城；
一排排白色、绿色的帐篷，
洋溢着全国各地的口音。

建设祖国边疆的人们，
今天在这儿落脚、明天又从这儿起程；
地图上虽然还没有填上它的名字，
西行的人都永远记得峡东。

贺敬之的诗

贺敬之（1924—　　），山东枣庄人。1940 年入延安鲁迅艺术学院文学系学习。历任鲁艺文工团创作组成员，华北联大文学院教师，中央戏剧学院创作室主任，《人民日报》文艺部副主任，文化部副部长兼文学艺术研究院院长，中共中央宣传部部长，文化部代部长，第十二、十三届中共中央委员，第七届全国人大常委。参加执笔的歌剧剧本《白毛女》获斯大林文学奖。

自己的催眠

让我道一声"晚安"，
同志，
一天又过去了。

我说，
生活就是歌，
应当唱得

更响更响。

像干一杯葡萄酒，
而且像一个热恋呢，
我们骄傲
我们的日子！

那么，
同志，
让我们安睡罢。

叫满窗的星光，
伴我们。

告诉延河，
摇我们，
以她的歌。

也告诉土壤，
叫他也静静地安睡。

这歌，
这大地，
这梦的谷……

……而且明天，

那天空，

一定很蓝，

——我说。

而且我说，

明天，

朝阳来呼唤着我们，

她的光，

一定很润，很浓呢。

回延安

一

心口呀莫要这么厉害地跳，

灰尘呀莫把我眼睛挡住了……

手抓黄土我不放，

紧紧儿贴在心窝上。

……几回回梦里回延安，

双手搂定宝塔山。

千声万声呼唤你，
——母亲延安就在这里！

杜甫川唱来柳林铺笑，
红旗飘飘把手招。

白羊肚手巾红腰带，
亲人们迎过延河来。

满心话登时说不出来，
一头扑在亲人怀……

二

……二十里铺送过柳林铺迎，
分别十年又回家中。

树梢树枝树根根，
亲山亲水有亲人。

羊羔羔吃奶眼望着妈，
小米饭养活我长大。

东山的糜子西山的谷，

肩膀上的红旗手中的书。

手把手儿教会了我，
母亲打发我们过黄河。

革命的道路千万里，
天南海北想着你……

三

米酒油馍木炭火，
团团围定炕上坐。

满窑里围得不透风，
脑畔上还响着脚步声。

老爷爷进门气喘得紧：
"我梦见鸡毛信来——可真见亲人……"

亲人见了亲人面
欢喜的眼泪眼眶里转。

保卫延安你们费了心，
白头发添了几根根。

团支书又领进社主任，
当年的放羊娃如今长成人。

白生生的窗纸红窗花，
娃娃们争抢来把手拉。

一口口的米酒千万句话，
长江大河起浪花。

十年来革命大发展，
说不尽这三千六百天……

四

千万条腿来千万只眼，
也不够我走来也不够我看！

头顶着蓝天大明镜，
延安城照在我心中：

一条条街道宽又平，
一座座楼房披彩虹；

一盏盏电灯亮又明，
一排排绿树迎春风……

对照过去我认不出了你，
母亲延安换新衣。

五

杨家岭的红旗啊高高地飘，
革命万里起浪潮！

宝塔山下留脚印，
毛主席登上了天安门！

枣园的灯光照人心，
延河滚滚喊"前进"！

赤卫军……青年团……红领巾，
走着咱英雄几辈辈人……

社会主义路上大踏步走，
光荣的延河还要在前头！

身长翅膀吧脚生云，
再回延安看母亲！

我走在早晨的大路上

我走在早晨的大路上
我唱着属于这道路的歌。
我的早晨的河呵，你流吧，
我的早晨的太阳，你升起吧。

我走在早晨的大路上，
在我的面前，
在我的四周，
是无限广大的土地。

我面对着我自己，
我面对着我的歌，
我面对着这道路，这土地，
我面对着这个国度，这个政权；

我——一个十八岁的公民，
我自己说话，高声地：
这土地是我的！
这山也是我的！

我——一个十八岁的歌者，

我唱我自己的歌，高声地：

是我的——这早晨，这太阳！

是我的——这欢快的一天的开始！

现在是秋天。

现在是收获的季节。

现在是每一种颜色都鲜红的季节。

现在是每一个喉咙都发声的季节。

现在是每一双手都举起热情的季节。

现在是每一朵花都结实的季节。

我走在早晨的大路上，

我唱着属于这道路的歌。

光明和温暖正在这大地上开始，

这里正在开辟，正在手创。

这早晨的歌，

这太阳的歌，

这季节的歌，

这开辟和手创的歌，

这闪耀和燃烧的歌，

呵，我走在这道路上！

这道路的歌，

这田野的歌，

这西红柿的歌，
这小米的歌，
这玉蜀黍和高粱的歌！
呵，此刻，我，前进着，
我迈着我的脚步，均衡而有力。

我的伙伴，我的公民同志，
我们来唱这歌吧，
我们来完成这奇迹，
我们来投票竞选，
我们来吧，同志——
足够十八岁的！

我，十八岁，向前走，唱着，
你们，也向前走，
从我的左肩擦过，唱着；
从我的右肩擦过，唱着。

我什么也不想，
我，一点也不怀疑，
我面对你呵，我的大地，
如同向日葵对于太阳一样真诚不二。

我的头脑是清醒的，

像那被太阳光穿透的露珠。
在会议上允许我发言，
在我的道路上允许我大步向前而且唱歌。

我的脚步是你们中间的一双脚步，
公民同志们！
我的手是你们中间的一双手呵，
公民同志们！
它同你们紧靠着，
它同你们一起前进，
它同你们紧握着，
它同你们一起来管理这大地。

让我们牢记吧，
我们是自己国度的先驱者，
让我们牢记吧，
我们是自己栽培自己收获的人！

我不能不起来，从我的座位里，
我来在这早晨的道路上，
我不能不唱歌，唱我的赞颂的歌，
给这早晨，给这太阳！

我仍然前进，

一刻也不休止，
我同我的邻人，
一起呼吸，生活。
我走在这早晨的大路上，
我唱着属于这道路的歌。
我看见这大地每一秒钟都在前进，
我看见这大地每一秒钟都在生长，
我看见这大地上的旗帜正在飘扬，
我看见这大地上：快乐和歌唱。

我，向前走！
我，十八岁的公民！
啊，我唱着，和河的声音一起，
太阳在我的周身，在我的大地上。

前面的，你是什么？
都来到我的怀里吧，我紧紧地拥抱你们，
我，十八岁的歌者，
我也要投到你们的怀里，你们也来拥抱我！

你是我的同志，我的爱人呵，
你是我的伙伴，我的邻人呵，
你是我的房屋，我的田野呵，
你是我的早晨，我的太阳呵。

我走在早晨的大路上，
我唱着属于这道路的歌。
我跟着前面的人，
后面的人跟着我。

桂林山水歌

云中的神呵，雾中的仙，
神姿仙态桂林的山！

情一样深呵，梦一样美，
如情似梦漓江的水！

水几重啊，山几重？
水绕山环桂林城……

是山城啊，是水城？
都在青山绿水中……

啊！此山此水入胸怀，
此时此身何处来？

……黄河的浪涛塞外的风。
此来关山千万重。

马鞍上梦见沙盘上画：
"桂林山水甲天下"……

啊！是梦境啊，是仙境？
此时身在独秀峰！

心是醉啊，还是醒？
水迎山接入画屏！

画中画——漓江照我身千影，
歌中歌——山山应我响回声……

招手相问老人山，
云罩江山几万年？

——伏波山下还珠洞，
室珠久等叩门声……

鸡笼山一唱屏风开，
绿水白帆红旗来！

大地的愁容春雨洗，
请看穿山明镜里——

啊！桂林的山来漓江的水——
祖国的笑容这样美！

桂林山水入胸襟，
此景此情战士的心——

是诗情啊，是爱情，
都在漓江春水中！

三花酒掺一份漓江水，
祖国啊，对你的爱情百年醉……

江山多娇人多情，
使我白发永不生！

对此江山人自豪，
使我青春永不老！

七星岩去赴神仙会，
招呼刘三姐啊打从天上回……

人间天上大路开，
要唱新歌随我来！

三姐的山歌十万八千箩，
战士啊，指点江山唱祖国……

红旗万梭织锦绣，
海北天南一望收！

塞外的风沙啊黄河的浪，
春光万里到故乡。

红旗下：少年英雄遍地生——
望不尽：千姿万态"独秀峰"！

——意满怀啊，才满胸，
恰似漓江春水浓！

啊！汗雨挥洒彩笔画——
桂林山水——满天下！……

西去列车的窗口

在九曲黄河的上游，
在西去列车的窗口……

是大西北一个平静的夏夜，
是高原上月在中天的时候。

一站站灯火扑来，像流萤飞走，
一重重山岭闪过，似浪涛奔流……

此刻，满车歌声已经停歇，
婴儿在母亲怀中已经睡熟。

在这样的路上，这样的时候，
在这一节车厢，这一个窗口——

你可曾看见：那些年轻人闪亮的眼睛
在遥望六盘山高耸的峰头？

你可曾想见：那些年轻人火热的胸口
在渴念人生路上第一个战斗？

你可曾听到啊，在车厢里：
仿佛响起井冈山拂晓攻击的怒吼？

你可曾望到呵，灯光下：
好像举起南泥湾披荆斩棘的镢头？

啊，大西北这个平静的夏夜，
啊，西去列车这不平静的窗口！

一群青年人的肩紧靠着一个壮年人的肩，
看多少双手久久地拉着这双手……

他们啊，打从哪里来？又往哪里走？
他们属于哪个家庭？是什么样的亲友？

他们，塔里木垦区派出的带队人——
三五九旅的老战士、南泥湾的突击手。

他们，上海青年参加边疆建设的大队——
军垦农场即将报到的新战友。

几天前，第一次相见——
是在霓虹灯下，那红旗飘扬的街头。

几天后，并肩拉手——
在西去列车上，这不平静的窗口。

从第一天，老战士看到你们啊——
那些激动的面孔、那些高举的拳头……

从第一天，年轻人看到你啊——
旧军帽下根根白发、臂膀上道道伤口……

啊，大渡河的流水啊，流进了扬子江口，
沸腾的热血啊，汇流在几代人心头！

你讲的第一个故事："当我参加红军那天"；
你们的第一张决心书："当祖国需要的时候……"

"啊，指导员牺牲前告诉我：
'想到啊——十年后……百年后……'"

"啊，我们对母亲说：
'我们——永远、永远跟党走！……'"

第一声汽笛响了，告别欢送的人流。
收回挥动的手臂呵，紧攀住老战士肩头。

第一个旅途之夜。你把铺位安排就。
悄悄打开针线包啊，给"新兵们"缝缀衣扣……

啊！是这样的家庭啊，这样的骨肉！
是这样的老战士啊，这样的新战友！

啊，祖国的万里江山！……
啊，革命的滚滚洪流！……

一路上，扬旗起落——
苏州……郑州……兰州……
一路上，倾心交谈——
人生……革命……战斗……

而现在，是出发的第几个夜晚了呢？
今晚的谈话又是这样久、这样久……

看飞奔的列车，已驶过古长城的垛口，
窗外明月，照耀着积雪的祁连山头……

但是，"接着讲吧，接着讲吧！
那杆血染的红旗以后怎么样啊，以后？"

"说下去吧，说下去吧！
那把汗浸的镢头开啊、开到什么时候？"

"以后，以后……那红旗啊——
红旗插上了天安门的城楼……"

"以后，以后……那南泥湾的镢头啊——
开出今天沙漠上第一块绿洲……"

啊，祖国的万里江山！……
啊，革命的滚滚洪流！……

"现在，红旗和镢头，已传到你们的手。
现在，荒原上的新战役，正把你们等候！"

看，老战士从座位上站起——
月光和灯光，照亮他展开的眉头……

看，青年们一起拥向窗前——
头一阵大漠的风尘，翻卷起他们新装的衣袖！

……但是现在，已经到必须休息的时候，
老战士命令："各小队保证，一定睡够！"

立即，车厢里平静下来……
窗帘拉紧。灯光减弱。人声顿收。……

但是，年轻人的心啊，怎么能够平静？
——在这样的路上，在这样的时候！

是的，怎么能够平静啊，在老战士的心头，
——是这样的列车，是这样的窗口！

看那是谁？猛然翻身把日记本打开，
在暗中，大字默写："开始了——战斗！"

那又是谁啊？刚一入梦就连声高呼：
"我来了！我来了！——决不退后！……"

啊，老战士轻轻地走过每个铺位，
到头又回转身来，静静地站立在门后。

面对着眼前的这一切情景，
他，看了很久，听了很久，想了很久……

啊，胸中的江涛海浪！……
啊，满天的云月星斗！……

——该怎样做这次行军的总结呢？
怎样向党委汇报这一切感受？

该怎样估量这支年轻的梯队啊？
怎样预计这开始了的又一次伟大战斗？

……戈壁荒原上，你漫天的走石飞沙啊，
……革命道路上，你阵阵的雷鸣风吼！

乌云，在我们眼前……
阴风，在我们背后……

江山啊，在我们的肩！
红旗啊，在我们的手！

啊，眼前的这一切一切啊，
让我们说：胜利啊——我们能够！

…………
…………

啊！我亲爱的老同志！
我亲爱的新战友！

现在，允许我走上前来吧，
再一次、再一次拉紧你们的手！

西去列车这几个不能成眠的夜晚啊，
我已经听了很久，看了很久，想了很久……

我不能、不能抑止我眼中的热泪啊，
我怎能、怎能平息我激跳的心头？！

我们有这样的老战士啊，
是的，我们——能够！

我们有这样的新战友啊，
是的，我们——能够！

啊，祖国的万里江山、万里江山啊！……
啊，革命的滚滚洪流、滚滚洪流！……

现在，让我们把窗帘打开吧，
看车窗外，已是朝霞满天的时候！

来，让我们高声歌唱啊——
"……鲜红的太阳照遍全球！……"

黄永玉的诗

黄永玉（1924—2023），土家族，湖南湘西人。曾任中央美术学院版画系主任、中国国家画院版画院院长、中国美术家协会副主席、中国文联第十届荣誉委员。创作中国版画经典之作《阿诗玛》、中国生肖邮票开山之作——庚申年猴。是首位荣获国际奥委会奥林匹克艺术奖的中国艺术家。诗集《曾经有过那种时候》获第一届全国优秀新诗（诗集）一等奖（1979—1982）。

春景（散曲）

遍城郭内外春渐起，
折柳枝卜得甚好天气？
莫笑我还学少年时，
破船里载着个醉老妻。
管恁的落花风，催花雨，
没了当打湿件旧蓑衣。
且蜕根桐管吹支柳营曲，

少理会，石上鹡鸰。
远山子规，
沙洲渡一条牛喝水。
雨过云霁，
平湖面当得一块镜玻璃。
老两口且俯船照个影，
含着的蚕豆笑进水底去。

一个人在家里

我
一个人喝着寂寞的汤水，
斜着眼睛
　　看电视里
　　　　医生说话：
"多喝开水
　　看健康节目，
　　　　对人有好处。"
所有老朋友都死了
只剩下我一个人，
因为我最听医生的话。
以前，
聪明年轻的妈妈提醒孩子：

"你以为自己还小，你都三岁了！"
聪明的医生也提醒我：
"你以为自己还小，你都九十五了！"
我，我惹了谁啦？
我老不老干谁什么事啦？
"老"又不是我发明的。
"老"又不是我街上捡的。
（我从小捡到东西都交警察）
我很少街上瞎走，
一个人在家里，
跟许多猫一起。

自画像

恨得咬牙切齿，
没牙的老头只好喝汤。
弄一副没脑子的假牙撑门面，
谈不上爱和恨。

人叫头发做烦恼丝，
八十年的年纪
几乎是光了头皮，
且留给少男少女们烦恼去吧！

左邻养了只沙皮狗，
右舍养了只斑点狗，
我脸上的褶皱和老人斑啊！
早早晚晚出门散步都很为难。

热闹的价值

蚕不是一边吐丝一边哼哼，
蚂蚁劳动从来不吭声，
劳动号子只是放大一万倍的呼吸，
生活到了总结才出现歌吟。

精密的创造需要安静，
深刻的思想不产生在喧闹的河滨。
大锣大鼓只能是戏剧的衬托，
远航的轮船哪能用鸣笛把力气耗尽？
在节日里自然要欢笑和干杯，
如果一年三百六十五天都这样
岂不太过费神？
我不是要你像树和鱼那么沉默，
但创造
必须用沉默的劳动才能进行。

像年青人一样从头来起

不要再摆谱啦！
人老了，心是活的。
能呼吸，能爱，
能吸收一切。
那些山和水
　空气、阳光
　　　仍然都是你的。

不要让官瘾耽误了你
　　写诗的就瞎写起来，
　　画画的就瞎画起来，
　　老气横秋，瞎说一气，
　　咳一声嗽痰痰都是珠玉。
人家背后议论你，
脸板得庄严，越显得可笑和滑稽。

一天到晚往医院挂号，
补药搞得满箱满柜。

一边做报告，一边喘气，

事实上你并不老迈不堪。

让我考考你，
北京有个图书馆你知不知？
虚心坐在那里，
几天后，
你或许找得到真正的自己。

李瑛的诗

李瑛（1926—2019），河北丰润人。1945年入北京大学中文系学习。1949年参加中国人民解放军，随军南下。1950年参加抗美援朝。历任《解放军文艺》编辑组长、副总编、总编，解放军文艺出版社副社长、社长，总政文化部副部长、部长等职。曾任中国文联副主席、中国作家协会主席团委员。曾获第一、二届全国优秀新诗（诗集）奖，首届鲁迅文学奖，中宣部"五个一工程"奖。

腾格里边缘的九月

九月，傍晚早风中倾斜的
腾格里边缘是坚硬的
斑驳的地表，漂流着
沙砾，漂流着
过早枯黄的草节和
咩咩的微弱的叫声

几只瘦瘠的羊仔
用小小的皴裂的蹄子
刨着金属丝般坚韧的草根
刨着大西北
沙石黄土中，它们
全不知身上的毛已经很脏
并还缀着粒粒粪蛋蛋
全不知一轮血太阳即将沉落
头上却仍有饿鹰盘旋
全不知牧羊人怀中的鞭子
此刻是沉默的
但鞭子后面是刀子

九月，倾斜在旱风里
腾格里边缘是坚硬的
缓缓向前移动的羊仔
要到哪儿去呢

蝈蝈

树叶，一片片落了
秋天的风景，一片片落了
落叶掩埋了归家的小路

高原上，深秋似水

雁群南去了，留下
黄土塬上的村落，留下
窑洞前闪光的镰刀和
一串串红辣椒，留下
傍晚，家家灶膛里
棉梗豆秸炸裂的声音
高原上，深秋似水

似水的深秋湮没了高原
夜半，谁家窗棂前
秸秆扎就的笼子里
一只吃饱了最后一朵南瓜花的
失眠的蝈蝈
在寂寞地歌唱
这是一把中国琴，奏着
金属般高亢而激越的歌
在丰收的北方
宁静里，有一股
汗和泥土的香味
这是真正大地的声音
使录放机里的任何流行歌曲
都显得苍白

这是皴裂的沟壑的土地生长的歌
这是最殷实、最饱满、最憨厚的歌
这是最富生活气息的歌
纯朴的主旋律唱着黄土谣

多么静谧而成熟，这一曲
响在秋天最深处
激荡着苍茫大地的
生命的回响

高原上，秋深似水
静夜里，整个黄土高原
都深情地倾听着它
歌唱

多情的手鼓

因为这里是多情的
所以便有了圆圆的手鼓
比天山的月亮还圆的手鼓

当含羞草般的姑娘的

褐色的眼睛一亮

手鼓便成熟了

并响起来，翻飞起来

那些轻盈的小环子

也跟着翻飞起来

风，也翻飞起来

黑色的小胡子，也翻飞起来

迷人的长辫子，也翻飞起来

裙子和靴子，也翻飞起来

戈壁滩上的石头

草原上镶银的马鞭

一碗碗香醇的奶酒

都翻飞起来

凡是听见它的山和水

也都翻飞起来

圆圆的手鼓的心脏

急促地跳动

震撼着大地，仿佛

翻飞就是它的生命

太阳般炽烈的生命

使荒僻的大西北，立即

开满鲜艳的花朵

充满这里空间的

全是稠得发黏的

甜蜜和幸福
单纯而且美丽

比幻想更可爱
比欢乐更年轻
那手鼓流出的每一声
都是滚烫的

只有辽阔的大西北
才能够容下这
粗犷豪迈热烈奔放的
性格的手鼓，这
翻飞不息的手鼓
圆圆的手鼓

最后一棵胡杨

当仅有的一滴水星
经过庞大根系，流进
一条纤细的叶脉
最后一棵胡杨的心脏
便停止了跳动
和叶脉相连的我的血管

感到了这一点

但它仍然庄严地站着
落净叶子的枝杈
仍疏朗地站着
被风沙摧残的
粗糙的皮和浑身撕裂的伤口
仍然站着
它凄苦的经历、记忆和梦
仍然站着
一种倔强精神
仍然站着
让人思考生命的意义和价值
请不要为它哭泣
它以不屈的形象支撑着
地球旋转的轴
山的根和
人的脊骨
它的痛苦照亮了世界的道路

世界竟这样神奇而美丽

云上涌着波浪的泡沫

浪里卷着云朵的碎片
世界竟这样神奇而美丽

掀起翼状胸鳍的飞鱼
腾出水面，滑翔中
要把海和天连起来
展开宽大趾蹼的海鸥
潜入海底，搏击里
要把天和海叠在一起

倾斜的海天间
闪电般的身影消逝了
只留一道道闪光的弧线
交织在烟云水雾里
飞溅的浪下有鸟
翻滚的云上有鱼

它们都不满足这狭小的世界
它们有许多梦想和期冀
世界竟这样神奇而美丽

张志民的诗

张志民（1926—1998），北京人。1938年在平西参加抗日革命工作，1940年入抗大四团学习。1955年毕业于中央文学讲习所。历任华北军区文化部创作员，群众出版社副总编辑，《北京文艺》主编，北京作家协会副主席、驻会作家，《诗刊》主编等。曾任中国作家协会第三、四届理事，全委会名誉委员。《祖国，我对你说》《今情，往情》分获第一、二届全国优秀新诗（诗集）奖。

推菜车的人

汗珠儿点点，
露珠儿串串。

喊声儿脆，
胡同儿弯。

朝阳染得菜椒儿嫩，

晨风吹摆小葱儿鲜。

送上门，
推进院。

作千家常客，
结万户朋缘。

车声儿吱吱去，
小曲儿声声远……

载一片江南，
推一车春天……

诗，如果敢于是子弹！

我坐在电视机前——
一名彻头彻尾的观众。
好久好久忘记吸烟了，
那篇大胆地陈词
使我心头一震，大吃一惊！
怎么！？竟敢于投"反对票"
我的血液凝固了，

屏住呼吸，半晌不会出声！
老兄啊！是你多吃了几杯酒？
还是我的耳朵失灵？

你敢于站出来"反对"
尽管我还没有弄清你反对什么？
就凭你的"敢于"
就凭敢于允许你"敢于"的大厅，
我也要为你叫"好！"
有了这种"敢于"
中国才有希望
丧失了这个"敢于"
我们就只好在"伟大"的旗帜下
年年"形势大好"
处处"万事皆空"。

敢于，为"敢于"喊声万岁吧！
如果没有"敢于者"的敢于
怎么会有"改革开放"
在神圣不可触动的大铁板上
硬是凿开了一个
震惊世界的窟窿！
老实说，对那许多带火药味的语汇
我早已感到腻烦了，

但这里，请允许我再使用一次：
诗，如果敢于是子弹
我将立刻把它推上枪膛
对准阻碍我们"敢于"的
一切幽灵……

"人"这个字

听书法家说：
书道之深，着实莫测！
历代的权贵们
为着装点门面
都喜欢弄点文墨附庸风雅，
他们花一辈子功夫
把"功名利禄"几个字
练得龙飞凤舞，
而那个最简单的"人"字，
却大多是——
缺骨少肉，歪歪斜斜……

乌啦嘎偶感

"刷刷，刷刷……"
淘金锚子的水花，
迎来兴安岭的黎明，
冬雪还没有消尽，
探金者的脚步，
便把乌啦嘎惊醒。

淘金的人们，
把一个个山头，
一道道河谷，
装进尺把长的小簸箕，
摇啊，摇啊！
为捕捉乌啦嘎的精灵。

逮住了！逮住了，
一撮耀眼的金屑，
在簸箕里闪动，
真是"沙里淘金"呀，
淌尽浑身的汗水，
只有一耳勺的收成。

就这点儿小东西：
论光亮它不及萤火虫，
但这点儿微光啊，
竟迷住世界的眼睛，
主宰着人的贫富，
哭声和笑声……

冷却了的钟声

凉下来的
是槐树上的
那口古钟

热起来的
是田野上
每颗心灵

听人说
没有心灵的喷火
便没有古钟的冷却。

又听说

没有它的冷却
就没有心灵的沸腾。

罗洛的诗

罗洛 (1927—1998)，原名罗泽浦。四川成都人。历任《上海青年报》记者，上海新文艺出版社编辑，中国科学院西北高原生物研究所情报资料室主任、副所长，中国科学院兰州图书馆馆长，中国大百科全书出版社副总编辑及上海分社党委书记、社长、总编辑等。曾任上海市作家协会主席，上海市第五届党代表，上海市第九届人大代表。

给诗人

当我还是一个十七岁的少年
曾幻想缪斯赠我一张竖琴
而今我已经两鬓斑白
却渴望倾听你复活的歌声

你曾诅咒过寒冬的夜
你曾赞美过初夏的星
你曾跋涉过坎坷的路

你曾叩响过光明的门

你曾采集过南海的珍珠
你曾放牧过天山的羊群
你曾翻耕过北大荒的黑土
你曾测量过珠穆朗玛的云层

你和你的歌曾被抛进忘川的漩涡
你的名字像撒旦一样成为禁忌
大地醒来了，春风又传播着你的歌
你的歌给世界显示了一个奇迹

你可曾见过，一枝洁白的昙花
永不萎谢，昼夜吐出芳香
你可曾见过，成林的青松与翠柏
覆盖着悬崖，高耸在雪线之上

你可曾见过，从受伤的心里
流出的不是呻吟，而是创造的欢乐
你可曾见过，在地狱的火里
炼出的不是灰烬，而是黄金的号角

时间在你额上刻下的每一道皱纹
都化作智慧：你的歌像大海一样深沉

镣铐在你手上留下的每一个印痕
都化作勇气：你的歌像春雷一样轰鸣

当严寒统治着黑暗的中国
你的歌是摧毁奴役的烽火
当阳春的曙光照暖万里河山
你的歌是在蓝空飞翔的白鸽

当你戴着用梨花织成的帽子
仰望着雪峰，歌声在你的心里回旋
当你穿着用蒺藜编成的鞋子
凝视着旷野，你的歌把希望撒向人间

当叫春鸟的鸣声又响彻群山和平原
你噙着泪欢唱着走进劳动者的行列
听着你的歌，我又成了十七岁的少年
在我的心头又不禁沸腾着青春的热血……

信念

信念是一株树
一株坚强的高山柏

在险峻的群峰中
高山柏站在崖层上
长年不息的风
像无数发怒的雄狮
向它奔袭而来
高山柏站立着
不弯腰，不屈膝
它的带着绿叶的树梢
向上扬起

在它头上
是祖国的蓝天
在它脚下
是祖国的崖层
它的根牢牢地
扎在崖层深处

信念是一株树
一株坚强的高山柏
永远站立在
坚实的崖层上

花山岩壁画

无数矫健的人形
在千仞的绝壁上
以瑰奇的舞姿
绘出了一部
先民的部落史

是在庆祝丰收吗
那万物之父的太阳
有如火轮
升起在地平线上
是庆祝胜利吗
那凯旋而归的战士
腰悬利刃
震慑着屈身的群俘

趁着晨风
男人们驾起独木舟
向如练的明江
索取祭祀的鱼
而勤苦的妇女们

伴着家畜

在地里耕作

或是在林间采摘野果

忠实的群犬

追随在主人身后

分享着欢腾或是劳苦

而在山林间出没的野兽

或是在追捕猎物

或是成为别的兽或人的猎物

只有天上的飞鸟

依仗它们的翅翼

或许有更多的自由

灿烂的七星

悬挂在夜空

俯视着茫茫的人间

野地上燃起了篝火

火光使舞蹈者的身影

变成赭红

随着迷蒙的烟雾

飘向花山的绝壁

永远凝固在那儿

成为整个部落的

原始的彩色照片

它只提供一部形象的历史
至于每一个形象的含意
无妨听任后人去评说

写给黄山的十四行诗（一）

我又看见你了，永不苍老的青山
你的密密地覆盖着山坡的翠竹
像无数带来希望的绿色的音符
总是在我耳际流听，有如清泉

你的依然遒劲的叠叠苍松
从山腰到山顶，象无数巨伞
遮住凄凄风雨，撑起碧云蓝天
总是这般苍苍茫茫，郁郁葱葱

我曾见过你，在秀丽的南疆
我曾见过你，在豪迈的北国
你热情的山茶，庄重的黑蛱蝶
翅上花纹象乌云中闪烁的阳光

你真像一支芙蓉，年轻，美丽
无需向你祝福：青山总是不老的

破冰船和春天

——和苏联诗人米哈尔科夫、叶甫图申科
的谈话

你们说
你们原是乘着破冰船来的
却没有想到
中国现在正是春天

我知道
你们并不是冒险的水手
而对于朋友
中国的港口永远是不冻的
如果你们也会遇到风浪
那是正在扫却历史阴霾
开辟新的航道的
生机勃勃的
开放之风和改革之浪

让破冰船

驶往北极去吧
中国是在
地球的北温带
历史的转折期
而且现在
正是春天

公刘的诗

公刘（1927—2003），原名刘仁勇，江西南昌人。1946年入中正大学学习。1948年赴香港参加地下全国学联工作。1949年参加解放军，历任二野四兵团新华社四分社编辑、云南军区《国防战士报》编辑、昆明部队政治部文化部文艺助理员、总政文化部创作室创作员。1979年任安徽文学院院长。诗集《仙人掌》获第一届全国优秀新诗（诗集）一等奖（1979—1982）。

西盟的早晨

我推开窗子，
一朵云飞进来——
带着深谷底层的寒气，
带着难以捉摸的旭日的光彩。

在哨兵的枪刺上，
凝结着昨夜的白霜，

军号以激昂的高音，
指挥着群山每天最初的合唱……

早安，边疆！
早安，西盟！
带枪的人都站立在岗位上，
迎接美好生活中的又一个早晨……

五月一日的夜晚

天安门前，焰火像一千只孔雀开屏，
空中是朵朵云烟，地上是人海灯山，
数不尽的衣衫发辫，
被歌声吹得团团旋转……

整个世界站在阳台上观看，
中国在笑！中国在舞！中国在狂欢！
羡慕吧，生活多么好，多么令人爱恋，
为了享受这一夜，我们战斗了一生！

兰州

兰州的马路尘土飞扬，
一堆堆砖瓦一堆堆泥浆，
这边的厂房在安装机器，
那边的学校散发着漆香。

市声喧嚣，人群掀起彩色的波浪，
各路的口音，各路的梳妆，
过往行人偶一驻脚，
就能在身边发现故乡……

粗线条勾勒出一个大理想，
城市的每一瓣肌肉都透露着生活的力量，
同志，你是否也觉得它像一个少年，
发育异常，却绷着一件窄小的衣裳？

红柳

戈壁滩上，飘忽着谁的游魂？
一缕缕，一丛丛，

绿的，是对沙暴的抗争，给勇者的飞吻，
黄的，是苦旱强打的烙印，然后发配充军，
红的，当然是梦，也许将消褪于一瞬……

胜利的失败者！悲哀的英雄！
你屡败屡战！你不屈不驯！
啊，望着你能不痛哭失声？！
我的泪水会告诉你，有人，一直在追寻，
追寻像你这样的三色组合的心灵。

最初的一瞥

一个沙岗，又一个沙岗，
一个太阳，又一个太阳，
野性的旱风扑过来把我拥抱，
我的心困惑了，为什么它滚烫而又凉爽？

要诗歌在这儿扎根并且成长，
需要从什么样的神话中汲取力量？
我看见了多少热得能点着火的眼珠子啊，
也许，正是如此才没有泪水，没有忧伤。

雁翼的诗

雁翼(1927—2009)，原名颜洪林，河北馆陶人。1942年参加八路军，在战斗中三次负伤致残而离开战斗部队。历任冀鲁豫九团通讯员分队长、政治指导员，西南铁路工程局文工团团长，重庆作家协会专业作家，峨眉电影制片厂专业编剧。重庆市第二、三届人大代表，四川省第五、六届人大代表。《工业区拾到的抒情诗》获全国中青年诗人优秀新诗奖（1979—1980）。

游湖

这是我们共有的一湖碧水，
一湖美丽、一湖
共游的心事。

我们同乘一条仿古的龙舟，
从今天游向昨日，
感情的风浪太高太大。

不要把目光投向舷窗之外，
盛开的藕荷下，
有着过多的枯萎。

把游兴聚集在船上吧，而船上
凝重的诗情中，江山太挤，
压得船体晃荡。

很小很小的船，
很浅很浅的湖，
很深很深的心。

不是去追寻白乐天、苏东坡，
风拦浪阻里寻找
高于古人新奇的自我。

没有一丝的风，只有
稀稀拉拉的雨点，胡乱的
在湖面书写着什么。

正如洛夫张默辛郁管管张堃犁青的眼睛，
还有我的眼睛，偷偷的，在
心灵的湖面，洒泪。

忏悔之年

忏悔是很苦很苦的果，挂在
人生最高的枝头，
——你有勇气采摘吗？
需要清醒，需要回首，
需要忍痛转回身，
倒退着度日。目光
在逝去的人生路上寻觅
品尝，
自然的我和超我的我，
在别人心灵的土地上
播种的痛苦和欢乐。
拔去
自我原谅的野草。
如多病的患者
吞食着苦药，完成
最后一次蜕变，
老僧一般，
在木鱼声中跋涉最后的路。
不曾忏悔的生命，
不叫生命。

如果我遗忘了什么

如果我遗忘了什么，大海啊，
不要提醒，只求你，
给我一次痛苦的冲洗。

最大的幸福莫过于，
我是一个初生的婴儿，昨天以前的一切
都属于父辈所有。

像你、大海、湛蓝的怀抱里
只有向往，
没有记忆。

安静地抱着月亮，
如母亲，
摇着摇篮。

如果我不能忘记什么，大海，
不要训斥，只求
扒开我的胸膛看一看。

我的心，多少忍耐多少羞辱多少挣扎，
然后，变成化石，
交给子孙清理。

酒泉

汉朝的野风仍在，仍在扬沙投石
怒吼如饿狮
围攻这座小城
但杨柳没有退
花枝没有躲
小鸟没有飞逃
就这样对垒着
三千年
不见输赢，只因为
霍将军没有撤走
还在那口古泉里喷涌
他的热血
他的正气
营养着树的根花的心

石头的十四行

敲破了许多木鱼，没有说服
如来佛放下屠刀
被迫变成石头

石头是历史的儿子
眼泪、血和剑
都不能使它质变

但怕火又盼火，太阳
烤不化的顽固
等待火炼出新貌

石头的世界只有石头
才有不被作价的心
骄傲于喧世的叫卖

多风的季节
沉重才能站稳自己的位置

傅仇的诗

傅仇（1928—1985），四川荣县人。1944年后曾任重庆南岸野猫溪私立吉安小学教导主任，《虹辰》《东风》文艺周刊及重庆《天地报》写作周刊主编。1950年在重庆参军。历任第二野战军三兵团文工团宣传员，川东军区文工团宣传员，四川省文联干事，《星星》诗刊编辑，四川作家协会专业作家。1986年，林业部、四川省人民政府授予傅仇"森林诗人"称号。

告别林场

——给共产主义的伐木者

请记着今天大风雪的日子，
有一队伐木者告别林场。
让我们最后再看一看，
我们的心窝发热，喜气洋洋。

我们今年春天上山采伐，

遍山是封天的云杉、冷杉、赤桦。
我们把宝贵的木材送给祖国，
建设铁路、工厂、高楼大厦。

青山披着鹅毛雪花，
刚好一年，就告别"森林之家"。
山上留下年轻的幼树和母树，
我们请林墙来保护它。

胆小的獐子、大胆的金钱豹，
温驯的小鹿、肥美的马鸡；
别说我们已经走了，
随便来践踏我们的林区。

我们真不愿离开这里，
但我们还要去采伐新林区。
什么时候我们再回来？
最早也是一百年，一个世纪！

一个世纪，一百个年辰，
再走进这青山的已经不是我们；
而是一批批共产主义的新人，
电气化的伐木者，我们的子孙。

那未来的美妙远景，
怎不使我们沉醉动心！
让我们在这山上刻下一块树碑，
把我们的历史和预言告诉下一代人：

"在祖国第一个五年计划的开头，
正是我们最早走进原始森林的时候；
是我们为祖国采伐了第一批大树，
建设了新型厂房、学校、社会主义道路。

"我们走了，留下满山最好的树种。
到二十一世纪，你们上山的时候，
有一座新的无比茂盛的森林，
留给你们采伐，建设共产主义的高楼。"

再见了，我们亲爱的林场，
让我们的思想感情永远生在这里。
再见了，未来的共产主义的森林，
请接受二十世纪伐木者的敬礼。

挤进十万大山

云，挤在山中，

山，挤在云中。
云、山挤在一起，
挤得无路可通。
我们，挤进十万大山，
一时被挤进崖洞，
一时又挤上云空。

森林挤上崖壁，
花草挤破雪岭。
雨雪挤断崖层，
泉水挤穿石缝。
大江挤过峡谷，
湖泊挤上高峰。
我们挤出一身汗水，
一半挂在冰塔林，
一半洒在长江源头，
落进大波之中。

云和云相挤，
热流与寒流相碰。
一时挤出暴雨，
一时挤出雹冰。
一时挤出雷电，
一时挤出旋风。

问我们一天行程多少?
挤走四季风云,
上午挤进春夏,
下午挤入秋冬。

这样的"拥挤"真是奇闻,
可惜!未照下这奇特的风景。
我们挤进了十万大山,
十万大山也挤进了我们心中!

雨季

是不是女娲搬走了补天石,
为给攀登者铺平道路?
想到我们嚼过草叶,
舔过潮湿的石头,
尝尽干渴之苦;
于是打开天窗,
让我们乘乘风凉消消暑,
送来十万个天泉,
十万匹瀑布!

是不是天上也有泼水节？
天上人间真有同样风俗？
想到战士睡过冰川，
躺过水晶般的雪窝，
给战士换换环境居住；
一路迎接上高峰，
风敲锣，雨敲鼓，
泼一身大水，
向我们祝福！

天泉一开，水一泼，
一泼一落就挡不住！
挡不住，一百天大雨天天落，
挡不住，测绘战士重任务；
你落你的雨，
我绘我的图，
淋着水爬山，
抬着雨走路！

比爬冰山更自由，
比走沙漠更舒服，
天天都淋浴，
一身无尘土。
长年爬山走野外，

有苦有乐又有福；
感动老天与上帝，
天天为我们洗衣服！

无名的山川

请问你叫什么名字？
已有几万岁的高寿？
你们当中谁与地球同年？
哪几位诞生在造山运动之后？

无名的高峰，无名的冰川，
无名的湖泊，无名的溪流！

辽阔的地图上找不到你，
不是嫌你贫穷，不是因你落后；
你的财富崛起在地球之巅，
谁也不知你在世界屋脊隐居了多久！

无名的高峰，无名的冰川，
无名的湖泊，无名的溪流！

难道是冰塔林埋没了你的名字？

还是暴风雨把你的真名刮走？
叫不出你的名字，找不到你，
测绘兵的心里是多么难受！

无名的高峰，无名的冰川，
无名的湖泊，无名的溪流！

爬上一座一座雪山，
淌过一条一条激流，
找回你的真名，写在地图上，
为世界屋脊庄严地写上山河的户口！

有名的高峰，有名的冰川，
有名的湖泊，有名的溪流！

每一个地名都与战士血肉相连，
名字是那样崇高，爱情是那样深厚！
与祖国壮丽的山河永远同在，
巍巍地写在高原，天长地久！

夜景

森林抱住一个月亮，
针叶撒出万缕青光；
一串串明明朗朗的珠宝，
一串串星星，挂在树枝上。

好一个醉人的童话般的夜景，
好一个迷人的安静的海洋。

我听见树木在轻轻呼吸，
嫩草在发芽，幼苗在生长；
一根新针叶悄悄生出来，
刺着飞鼠，在梦中抖抖翅膀。

好一个醉人的童话般的夜景，
好一个迷人的安静的海洋。

我听见森林的心脏在跳跃，
树根底下泉水咚咚响；
一颗颗露珠像失眠的野鸽，
闪着绿的眼睛白的光。

好一个醉人的童话般的夜景，
好一个迷人的安静的海洋。

我听见森林伸展手臂的声音，
树枝摇摇，好像在收聚星光；
送给未来的晴朗的早晨，
送给光华灿烂的旭阳。

好一个醉人的童话般的夜景，
好一个迷人的安静的海洋。

我听见的这一切，是生命的音响，
这里面也含有我的呼吸，我的声音；
这一切，都是属于我的祖国，
为了明天，这一切都在快快地成长。

好一个醉人的童话般的夜景，
好一个迷人的安静的海洋。

白桦的诗

白桦(1930—2019)，原名陈佑华，河南信阳人。1947 年参加解放军。历任宣传员、宣传干事、教育干事、野战师俱乐部主任，昆明军区创作组组长，总政治部创作室创作员，上海八一电影机械厂钳工，上海海燕电影制片厂编辑、编剧，武汉军区话剧团编剧。曾任上海市作家协会副主席、中国作家协会理事。诗作《春潮在望》获全国中青年诗人优秀新诗奖（1979—1980）。

轻！重！

隐入绿色的边境森林，
谁能比边防军士兵更轻？
萤火虫飞过去也要闪亮一星星火光，
蝴蝶翩翩起舞也要扬起霏细的花粉；
我们活跃在深深的林海里，
就像是一群无声又无息的黑影。

迎着黑色的骤雨狂风，

谁能比边防军士兵更重？

千年不化的冰川也会在雷电中崩裂，

万年凝固的雪山也会在暴风里震动；

我们站立在神圣的国境线上，

每一个哨岗都是一座不移的山峰！

树的喃喃自语

失望、沉睡，蓦地醒来，

原来是你又走近我的灵魂；

我高高举起所有的枝叶，

如果允许，我将紧紧拥抱你，

我知道，你正在猜一个谜，

但我不敢向你讲述我的故事；

我的故事里尽是黑夜，

你是如此的明丽。

我的故事里有一条从雪山到大海的长河，

你给我的时间却是如此的短暂。

我的故事里的叹息就像连绵的秋雨，

会浇熄你烛火一般温柔的微笑。

别猜了，闪烁在每一片绿叶上的

是由于温暖而晶莹欲滴的寒露……

帆

时间的岸远去了，并正在远去，
爱挂在我的桅杆上，推动着我，
它是我的纯洁的帆，
它是我的鲜明的旗。
我会沉没吗？不！除非
我的帆被风暴撕得粉碎，
但我仍然会高举着对神的轻蔑，
尽可能长久地指向蓝天，
尽可能长久地露在水平之上，
尽可能长久地保持着庄严的存在。
我的旗帜并没有降落，
它的每一块碎片都飞升天界，
使白云有了魂魄，
俯身向下，千姿百态地依恋着大地。

一棵枯树的快乐

一场极为恐怖的暴风雪之后，
我的躯干终于被彻底折断了；

白
桦
的
诗

枝头上还残留着最后一片绿叶，
我，还在苦苦留恋着这个人间。
本来我就已经很衰老了，
已经到了俗话说的风烛残年。
请透过我的创口看看我的年轮吧！
每一个冬天的后面都有一个春天。

当我破土而出的时候，
以为生活永远是微风拂面；
我像一株小小的三叶草那样，
在浩瀚的宇宙中无忧无虑地伸展。
阳光被层层绿叶过滤为温柔的鹅黄色，
我才能避开过于强烈的紫外线，
才能在绿荫下新奇地东张西望，
才能翘首向上，尽情地眺望白云蓝天。

如果没有众多的参天大树，
任何一阵风雨对于我都是致命的灾难；
我听见长者们在战斗中的狂呼怒号，
拼命地摆晃着遮天蔽日的树冠。
等到我可以和长者比肩而立的时候，
才知道生活有那么多困苦和艰难；
我也像长者呵护我那样去呵护后来者
让新生的幼苗都有一个成长的空间。

我用疾风暴雨中屹立的姿态告诉他们
这就是应有的、应有的挺拔！
我用电闪雷鸣下镇定的神情告诉他们
这就是必要的、必要的尊严！
一场恐怖的风暴之后，
我苍老的躯干终于被彻底折断了；
我快乐，非常地快乐，
因为这是我的信念，为爱宁折不弯。

不！不！这还不是我最快乐的时候，
等到林中的篝火砰然点燃；
天上的星光突然暗淡了下来，
我的生命之火迅速把黑夜撕成两半。
我能听见自己的骨骸在燃烧，
人们飘起的裙裾煽动着跳跃的光焰，
唱着既能让人笑、又能让人哭的歌，
面对苍穹，自由地呐喊。

不！不！这还不是我最快乐的时候，
当朝霞渐渐染红了群山，
我彻底化为了一堆溶于泥土的灰烬，
而后吐出清新悦目的新绿一片。

白桦的诗

163

那才是、那才是我最快乐的时候，
我把一切都归还给了这个世界；
一切，我所有的一切，让有限的生命
在爱的传递中成为无限。多好！
一棵枯树的快乐。

越冬的白桦

昨天我还在秋风中抛散着黄金的叶片，
今天就被寒潮封闭在结冰的土地上了。
漫天的雪花一层又一层地覆盖着大地，
沉重的天空板着难以揣摩的老脸。

我所有的枝杈都在断裂、坠落，
我只能倾听着自己被肢解的声音。
一个无比庞大、无声而又无情的军团，
把我紧紧地围困着，风声如同悲哀的楚歌。

我只能紧闭双眼，引身向下、向无限延伸，
我不知道又过了多久，在深深的地层下，
一条非常纤细、非常敏感的根游向我：
——请您睁开眼睛看看，看看吧！

看什么呢？看堆积如山的冬云吗？
看斜插在僵死河流中的桅杆吗？
——请您睁开眼睛看看吧，看看吧！
我在她一再地央求下才慢慢地睁开了眼睛：

一棵噙着喜泪的小树站立在我的面前，
含情脉脉而又手足无措地凝望着我的惊奇；
让我蓦然看见了往昔的自己，酷似此刻的她，
捧着满怀数不清的绿叶和数不清的憧憬……

孙静轩的诗

孙静轩（1930—2003），原名孙业河，山东肥城人。1943年参加八路军。1947年后曾任作家协会冀鲁豫九专区联合师范教师，济南市《青年文化》《济南文化》及《山东青年报》编辑、记者。1953年入中央文学讲习所学习，毕业后历任《西南文艺》编辑，中国作家协会重庆分会、四川省作家协会专业作家，中国作家协会四川分会副主席。著有诗集《我等待你》《唱给浑河》等。

致大海

……那正是青春大好时光，
我爱在岩石耸立的海岸游荡，
看海的白帆悠悠，
看浪尖的海鸥翩翩飞翔，
听那絮絮不休的海风，
听那潮水拍岸的喧响，
常常地，我坐在岩石上沉思，

在幻想中，从傍晚坐到天亮，

早晨归去，总是拣几枚彩色的海贝，

带回去一片透明的海的幻想……

呵！那惬意而又稚气的少年时代，

天真的眼睛又怎能认出大海的形象？

后来，我游历了多雾的海岬，

遍访了潜伏着暗礁的大洋，

在那惊心动魄的拍天波涛中，

多少次险些儿在旋涡里埋葬；

我见过多少触礁的船，

那破裂的碎片在海面四处飘荡，

我听人讲述过可怕的海盗故事，

那古老的迷信传说，常使我心头迷惘；

那时，在威严神秘的海洋里，

我觉得生命该有多么渺小，

我甚至想把它交付给不可见的上苍……

但我毕竟没有在风浪中沉没，

尽管那强劲的风给我的脸刻下了创伤，

我领略了海的狂暴，也认识了海的粗犷；

呵！大海，浩淼的大海，你冶炼了我，

给了我一颗海的灵魂，

那曾是细小的心，装满了多少又苦又涩的水浆，

呵，剽悍的海，博大的海，你既不哭泣，

我又怎能躲进那风平浪静的海港？！

森林月光曲

今夜多么美，今夜多么好
无风的椰子林一片静悄悄
树林的上空，月亮又大又圆
柔和的光照耀着细密的树梢
浓郁的椰子香轻轻地飘散
悄悄地浸湿了洼地上的青草
连鸟儿也收起翅膀，不肯扰乱这静谧的夜
栖落枝头，在月光下梳理着羽毛
我呢，一颗心在月光里溶化了
跟着月亮的影子，在树林里四处寻找
也许再也找不回来
那就在椰子树上筑一个巢……

二月梧桐

二月天，冰封的小溪正渐渐融化
但，河岸上的两行梧桐却没有发芽
像一只只瘦骨嶙嶙的手掌伸向空中
它们在风中轻摇着灰色的枝桠

呵，光秃秃的梧桐，作了一个绿色的梦
它梦见蓝色的天空飘满彩霞
于是，它举起手掌，涂上一抹嫩绿
在那铅灰色的天际
写上了一个春天的童话……

航海中，我思念……

哪里是海，哪里是天
雾濛濛的大气模糊了天与海的界限
像是同世界隔绝了似的，一片沉寂
只有层层的涌，重复着单调的节拍
敲打着航船的船舷
孤独中，我遥望天际的一片微光
心中涌满了对故土的思念
呵，田野、村庄、山岗、草地
静谧的树林，袅袅的炊烟
此时，全都像褪色的记忆
变得朦朦胧胧，越去越远
呵，大陆，我的故土，你在哪里
远处有海鸥盘旋，你可在透明的翅膀下面？
是的，我不孤独，既然听见了海鸥的呼叫
陆地就不会太远……

渴望

我多么渴望，多么渴望
你难道听不见我的心在高声歌唱
歌声是多么悲怆
呵，我的心，没有一滴水，一片绿叶
就像干旱的沙漠一样荒凉
呵，给我吧
给我一叶春色，给我一丝阳光
只须一滴水，就不会凋落、枯黄
给我吧，我要的不多
只是一片遥远而朦胧的幻想

王辽生的诗

王辽生(1930—2010)，辽宁辽阳人。1958 年毕业于解放军文化师范学院中文系。1949 年参军，历任解放军第 12 军文工团创作员、《绿风》诗刊副主编、江苏新沂县政协副主席、新沂市文联副主席，副研究员。江苏省作家协会第三、四届理事。著有诗集《雪花》等。《探求》获全国中青年诗人优秀新诗奖（1979—1980），《新居》获 1982 年《诗刊》优秀作品奖。

人生是一次远足

无边大梦
将敢于睥睨酷烈命运的叛逆
引渡给西域

其实无所谓东西
西部中国许是中国的奇崛构思
我行进在古往今来的微妙之间

方位已逐一披靡
我只求读懂理当属我的一瞬
一瞬
伏而信水魂悠远
起而知山魄狞厉
一瞬间我呕出我滴血的心脏
抛出去
足撞响熠煜西天的那一盘悬锣
宣布更新世纪

历史手指早已翻乱的那个命题
而今在西海沐浴
准备复辟
人性，以沙石流作为警句
将不卑不亢的一代
重新荡涤
尽管六弦琴被苍茫所破
狂放与智慧同碎
我依然甘步墨勒阿格之后尘
投入超自然毒火
投入犷悍边曲
在太空拓荒式举行之前
有人已跌进西部死沼
为一个陈旧而耐人寻味的信念

自作多情地捐躯
于是，公墓摇曳
我对沙漠中涌现的每一眼新泉
都双目紧闭
以免激情四溢

鹤群飞过
似欲飞进沙海尽头那血火之源
去完成一次皈依
而我要说
丹顶鹤头顶的那块丹红
倘无毒就不会那样瑰丽
我情急而无语
碑石嶙峋
民族魂在夕阳西下时鹊起
动人真有如悲剧
倘不能尾随那翱翔思绪
皈依那如血如火的一轮
我不如走进潘多拉魔匣
或者走进地狱

我既非碘钨灯下的伊思曼胶片
涂一层现代派感光药膜
以辑录生之倨傲

也不是福尔马林凄凄清液

浸泡住一段传统性拘泥

去佐证死之静谧

我仅仅是命运之神的忤逆之子

西出阳关

企图研讨又一种格局

在英灵与浪漫派硬汉仲裁之下

同魔界之主波旬决斗

展开最后一役

无论我抵达或中途倒下

无论我得手或最终失利

我都要说

我进行在古往今来的微妙之间

必将一悟凡凡此生的非凡涵义

方舟坠落

彪炳大气已注入夕阳

明晨有巨灵腾起

自然之恋

从原始碧茵摘一片滴露草叶

从现代沃野摘一朵黑郁金香

我扬帆远航

我的目标是大自然
那儿的山色不加修饰所以永葆纯真
那儿的云彩不受污染所以长存洁光
我原是从那儿来的所以我要回去
我将粉碎阻碍我前行的名波利浪

不料你居然敢于此时此际大胆出现
并且扇你黝黑的羽翼企图剪断我的畅想
我忍无可忍：以草叶和黑郁金香作武器
武器失败，我又掷出我的心脏
我教你和我一同死亡
你果然中计，也掏出一颗向我掷来
你我拥抱着倒进船舱
望着那两颗重叠为一的心脏
飞进了自然之乡

我是我灵肉的警官

掏空行囊
以便我在我被解雇之前
将山风海韵装满

王辽生的诗

生命的合同行将到期
回首当年
我也曾竭精殚虑地泛舟人海
有幸踢踏过深渊
上浮时长怀国忧民戚
下沉中力求澹泊自甘

守寂致远是圣者的境界
怎奈我噙泪四览
目光常坠涂炭
上帝的声色离我太远
我只祈毕生叩访现实
偶尔去梦里缠绵

曲终奏雅是至爱景观大雪纷飞
含苞待放的信是春天

人到晚年

夜声枯槁
悄然凝望我远去的背影
才知瘦了此生

戮力于采撷人间禁果

荒废了许多年龄

由巨手剪裁的那角霞天

舒展为旗

将我的皱纹一一抚平

幻想依旧年轻

一切都在被污染之中

不受污染的是梦

沉沦与超越交相对峙

我乐于含笑驱逐自己

使生灭流转的寡情时空

有爱飞升

我介入当代纯属偶然

只求我功在不没的一腔忧患

憔悴于今夜西风

请受我深深一躬

一旦有一个美的结尾

生命之琴

便可以形影同碎

我无意捧接那一颗流星
它从容迎迓死亡之谷
以一线谢世洁辉
宣告无愧
它倾它多韵的天地情结
最后拥抱了人类

万般风流将挟爱飘去
冷色可人
正不妨拱手一归
只要灵魂的弦索不萎
回首一弹
也必是声声葱翠

有乐在四空低回
两滴鞠躬尽瘁的热泪
使刚烈人生顿入妩媚

流沙河的诗

流沙河(1931—2019)，原名余勋坦，四川金堂人。1950 年参加工作，历任金堂县淮口镇女小教师，成都《川西农民报》编辑，四川省文联编辑，金堂县城厢镇北街木器社工人，金堂县文化馆馆员，四川省文联编辑，四川作家协会副主席、专业作家。中国作家协会理事、第七届全委会名誉委员。著有诗集《农村夜曲》《告别火星》《游踪》等。

春水

春天的夜晚，
大河涨水了。
来自深山的春水，
笑着，滚着，跑到村前。

去年的河道不见了，
如今那儿是一片青青好麦田。
春水惊讶地跳进新开的河道，

嬉戏地掀着涡轮，叫他运转。
奔向东海去的春水啊，
祝你一路平安。
只是不要惊讶，
前面，还有更多的水电站。

孩子会走路了

舞着小手，
移着双脚，
孩子会走路了。

他摇摇晃晃地走着，
跌了一跤，
又爬起来。

妈妈跟在后面，
又高兴又着急：
"不要跑，慢些，慢些！"

明年，
他就会翻出门坎，
到小河边去玩水。

后年，
他就会跑下田去，
看爸爸收割庄稼。

六个春天以后，
他就背起书包，
上学去了。

再过二十年，
他会走到什么地方去，
妈妈再也没法想出来。

她现在只知道慈爱地叮咛：
"不要偏偏倒倒，
站稳，站稳……"

残冬

天地迷蒙好大雾，
竹篱茅舍都遮住。
手冻僵，脚冻木，
破烂衣裳空着肚。

一早忙出门，
贤妻问我去何处。

我去园中看腊梅，
昨夜幽香吹入户。
向南枝，花已露，
不怕檐冰结成柱。
春天就要来，
你听鸟啼残雪树！

就是那一只蟋蟀

> 台湾诗人Y先生说：
> "在海外，夜间听到蟋蟀叫，
> 就会以为那是在四川乡下听到的那一只。"

就是那一只蟋蟀
钢翅响拍着金风
一跳跳过了海峡
从台北上空悄悄降落
落在你的院子里
夜夜唱歌

就是那一只蟋蟀
在《豳风·七月》里唱过
在《唐风·蟋蟀》里唱过
在《古诗十九首》里唱过
在花木兰的织机旁唱过
在姜夔的词里唱过
劳人听过
思妇听过

就是那一只蟋蟀
在深山的驿道边唱过
在长城的烽台上唱过
在旅馆的天井中唱过
在战场的野草间唱过
孤客听过
伤兵听过

就是那一只蟋蟀
在你的记忆里唱歌
在我的记忆里唱歌
唱童年的惊喜
唱中年的寂寞
想起雕竹做笼
想起呼灯篱落

想起月饼

想起桂花

想起满腹珍珠的石榴果

想起故园飞黄叶

想起野塘剩残荷

想起雁南飞

想起田间一堆堆的草垛

想起妈妈唤我们回去加衣裳

想起岁月偷偷流去许多许多

就是那一只蟋蟀

在海峡那边唱歌

在海峡这边唱歌

在台北的一条巷子里唱歌

在四川的一个乡村里唱歌

在每个中国人脚迹所到之处

处处唱歌

比最单调的乐曲更单调

比最谐和的音响更谐和

凝成水

是露珠

燃成光

是萤火

变成鸟

是鹧鸪

啼叫在乡愁者的心窝

就是那一只蟋蟀

在你的窗外唱歌

在我的窗外唱歌

你在倾听

你在想念

我在倾听

我在吟哦

你该猜到我在吟些什么

我会猜到你在想些什么

中国人有中国人的心态

中国人有中国人的耳朵

屈潭路上

遍野稻花泛白，

沿路野花吐艳。

过一湾流水小桥，

经几处果山橘园。

农家绿柳成阴，

门前榴花照眼。

袅袅的炊烟，
静静的田园；
这美丽的风景，
这绝望的人间！

应该是在这条路上，
他走来，长发披肩，
痛哭着，狂唱着，
前往道路的终点。
一切都已太晚，
楚国破，屈家残，
一切都已太晚，
宗庙焚，山川变。
这美丽的风景，
这绝望的人间！

他挥手告别炊烟，
他点头告别田园。
一生的路是这样长，
一生的路是这样短。
一切都是枉然，
稻花白，野花艳，
一切都是枉然，
橘花香，榴花燃。

这美丽的风景，
这绝望的人间！

应该是在这条路上，
他走来，长发披肩，
痛哭着，狂唱着，
遥望远方白浪翻。
一江横断路，
前面是屈潭！

邵燕祥的诗

邵燕祥（1933—2020），浙江萧山人。1948年北平中法大学肄业。曾任中央人民广播电台编辑、记者，《诗刊》副主编，中国作家协会第三届理事，第四、五届主席团委员。诗集《在远方》《迟开的花》分获第一、二届全国优秀新诗（诗集）奖，杂文集《忧乐百篇》《邵燕祥随笔》分获第一届全国优秀散文杂文奖、第一届鲁迅文学奖。

到远方去

收拾停当我的行装，
马上要登程去远方。
心爱的同志送我
告别天安门广场。

在我将去的铁路线上，
还没有铁路的影子。
在我将去的矿井，

还只是一片荒凉。

但是没有的都将会有，
美好的希望都不会落空。
在遥远的荒山僻壤，
将要涌起建设的喧声。

那声音将要传到北京，
跟这里的声音呼应。
广场上英雄碑正在兴建啊，
琢打石块，像清脆的鸟鸣。

心爱的同志，你想起了什么？
哦，你想起了刘胡兰。
如果刘胡兰活到今天，
她跟你正是同年。

你要唱她没唱完的歌，
你要走她没走完的路程。
我爱的正是你的雄心，
虽然我也爱你的童心。

让人们把我们叫作
母亲的最好的儿女，

在英雄辈出的祖国，
我们是年轻的接力人。

我们惯于踏上征途，
就像骑兵跨上征鞍，
青年团员走在长征的路上，
几千里路程算得什么遥远。

我将在河西走廊送走除夕，
我将在戈壁荒滩迎来新年，
不管什么时候，只要想起你，
就更要把艰巨的任务担在双肩。

记住，我们要坚守誓言：
谁也不许落后于时间！
那时我们在北京重逢，
或者在远方的工地再见！

中国的道路呼唤着汽车

你可知道祖国的辽阔？
你可曾用脚量过道路？

你数没数过中国有多少条道路——
穿行高山，横渡大河，
联结着千家村庄和万家灯火的城市，
联结着车站和码头，
联结着工厂、仓库、合作社，
绕过牧民的帐篷，农民的门口，
又从你脚下伸过；

你可认得这些道路——
像树干生出枝桠，
像胳膊挽着胳膊，
像头发，像蛛网，
交织在山谷，在平原，
在又像山谷又像平原的高原上；

在那穷年累月没见过好车马的山野，
你可看见有一条新的道路通过——
它驮着农具、肥料和纸张，
还有粮食、棉麻、甜菜和山货；

在那环海的公路旁边，
海浪泼溅着陡峭的岩岸；
你可看见海防的战士
等待着粮秣和子弹！

你可曾走过这些道路？
你可曾听到道路在呼唤？
它们都通到第一汽车制造厂，
对我们建设者大声地说：
——我们需要汽车！

我们满怀着热情，
大声地告诉负重的道路：
——我们要让中国用自己的汽车走路，
我们要把中国架上汽车，
开足马力，掌稳方向盘，
一日千里、一日千里地飞奔……

中国的汽车呼唤着高速公路

五十年代
我曾听到过
中国的道路呼唤着汽车……

渴望着插上风的翅膀
飞驰过家乡、祖国的热土，
飞驰过道旁人家，

飞驰过道旁树，

还有那树头架线的土电杆，

一段段土墙，一间间茅屋，

甩到后边去，

通通甩到后边去——

田野像扇面甩开，

又像扇面收束……

不要牧歌，

不要讲古，

要的是速度！速度！速度！

在加速转动的地球上

有我们新的征途。

再不能仅仅靠小米加步枪，

再不能靠木船打军舰，

再不能靠两条腿，

去追赶十轮卡的轱辘！

在泥泞的路上渥过车，

在崎岖的山道，急转的险弯，

几乎翻车跌下深谷。

但是要前进，

前进是唯一的路。

再不能只是夸耀方向盘，

而安于老牛破车的速度!

高速度!
高速度!
这就是国家的安全,
民族的富强,
人民的幸福!

高速度,
高速度;
渴望了十年、二十年,
但是直到一九七八年,
中国还没有高速公路!

原野虽然辽阔,
狭窄的公路上
摊晒着三家两户的粮食,
还有缓缓行进的
挂着风帆的架车,
造成多少次磨蹭,停滞,梗阻!

就是在我们心爱的首都,
汽车也往往拥塞于途,
不得不龟行慢步——

红灯，又是红灯！
障碍物，又是障碍物！

太阳有自己的轨道，
行星也有自己的轨道，
不许流星挡路，
在宇宙间运转自如。
啊，我的家乡，
我的祖国，
我的寸金的时间，
我的寸金的热土！

空话不能起动汽车，
豪言壮语也不能铺路。
但我们难道还不能铺一条
高速公路——
有这么多的痛苦，
有这么多的愤怒，
甚至有这么多的血肉
化为我们特有的混凝土！

我的
难以割舍的
亲爱的同志们：

听，中国的汽车
呼唤着
高速公路！

论诗

我是风，走遍世界
寻找我的歌声

我告别起伏的林海
到平阔的草原滑行
在悬崖上碰壁
又推动河心的帆篷
追逐着浓黑的雨云
紫色的闪电，飞奔的白马
摇晃着紧闭的窗扇
匆匆地钻进烟囱……

我停住脚步时
就失去了自己
离开森林、草原、河流、雷阵雨
再也找不到我的歌声

再别屯溪

我没有带走什么
也没有留下什么
渡船自在江上
白鹳自在岸上

雨丝自在飘洒着
清明过了，还不到黄梅天
行人自在石板路上走过
或穿着雨衣，或打着伞

店家自在长街
卖着凉鞋、葵扇、茶叶
明月自在桥阑干
照着新安江上夜
萤火自在明灭
蠓虫自在飞鸣
我自在检点旅行袋
梦着道边送客的旅亭

梦着樱桃，梦着枇杷

梦着石榴自在开花
绿叶浓阴里藏着的鸟
自在说着千年不变的话

好像有许多记忆
又像什么都没记得
了无牵挂，却忽然
有一股淡淡的离愁留我

周良沛的诗

周良沛（1933—　　），江西永新人。1949 年参加中国人民解放军，开始诗歌创作。1953 年调西南军区入藏创作组。1955 年在昆明军区政治部任创作员。后任中国作家协会云南分会专业作家。现任《诗刊》编委。著有诗集《枫叶集》《红豆集》《饮马集》《雪兆集》《雨窗集》《拼命迪斯科》《铁窗集》等，散文集《白云深处》《流浪者》《香港香港》等。

珍珠

已经不知道什么是光明，
牢黑得不知道自己可有眼睛，
一天，放风开禁，打开窗门，
反被阳光突然戳得眼花头晕。

我一直——等，等，等，
我总是——信，信，信，

相信地上的房子都能打开窗门，
等见到阳光不会眼花头晕。

像沙在珠蚌里磨磨磨，
像珠在蚌沙里滚滚滚，
在等得难熬中，还等，
在信得难以相信中，还信。

对同志友爱，对长者尊敬，
有难相互支持，只有一片真心，
流逝的岁月，当人遇不幸，
时光只像珠沙磨珠磨得越珍。

最终，它只能是无价的，
生活的信念，真理的追求，
璀璨纯净的感情——
一颗真的珠，真的心……

沙面的早晨

这里，轮笛似黎明的钟声悠悠，
这里，云天像流水，流水像云流，
这里，青苍的榕树落叶时正在发枝，

放眼，江天看宽了眼界，双眼看阔了江天，

每块地方既是公园，每块地方都有人在运动，

打拳、下棋、游泳、踢球，

幼儿摇着花儿跳舞，有人在沉思中散步，

这里处处是人，却不拥挤，

这里人人在运动，却互不干扰，

一人一个姿态，不同的管弦同奏一支协奏曲；

这里，气象万千，是生气勃勃，

生命的跃动，诗意和春意一样浓，

匆匆来又匆匆去，我望着你，沙面，广州！

给未来的妻子

      韦丘赠给爱人的诗，写得甜极了。胡昭

要我写一首，命题：给未来的妻子。

未来的妻子，

你在哪里？

未来的妻子，

你叫什么？

你叫糟糠花，

没有枯萎、褪色的时候，

总是火红火红，
至死是热恋的颜色；。

你叫桄榔一条心，
单纯与永恒在一条心上结合，
又高又直，是爱情的纪念碑，
唯一的一条心，辉煌的王座。

你叫神秘果，
嚼它之后，爱恋之后，
酸甜苦辣，到了舌喉，
也蜜似的化在心窝。

未来的妻子，
你在哪里？
未来的妻子，
你叫什么？

未来的妻子，
在海南的草木之中，
她叫什么名字？
请问海南的花果。

飞雪的黄昏

风凄雪狂的黄昏，
火旺炉暖的黄昏。
炉上温热了二两黄酒，
爷爷扶携学步的孙孙。
小的歪倒，老的笑他不能成器，
孙儿跨前一步，爷爷夸他有种，能行。
跌倒了他笑，走稳了更高兴，
无非好丑都是自己的儿孙。

雪后，初晴的早晨，
化雪，泥泞的早晨。
水车一路喷洒盐水，
路面，残雪化作闪光的水印。
开路者开拓广阔的人生，
人生的广阔中就有坎坷、泥泞，
儿孙摔在人生的道上，
打击会使爷爷致命，
昨夜，老的却笑他倒在对人生第一步的
探寻……

雪夜

好像是在无望中等待，
公共汽车像不会再来。

这场雪赶光了大街的行人车辆，
站牌下候车的也被雪困在站上。

等得无望，焦急难耐，
冻着候车，候得冻坏。

这时要走，若是车来，走得太冤，
等着不动，车又不来，更加埋怨。

对，走一步也是向前，
等，不埋怨，也要搁浅。

地冻脚僵，逼得我也索性快跑，
一路高歌，你追我赶如飞雪撬。

等待不前，困得自己尽是怨言，
哪能这样痛快，这样勇猛地追闯直前。

跑到家门，依然不见车过，
只见身后，赶来一个又一个。

这样的时候，等待是没有出路的，
向前一步也是前进，就有向前的快乐……

昌耀的诗

昌耀(1936—2000),原名王昌耀,湖南桃源人。1950 年参军。任 38 军 114 师文工队队员。曾参加抗美援朝战争,负伤致残。1955 年赴青海参加大西北开发。历任青海省文联《青海湖》杂志编辑。1979 年后任青海省作家协会副主席、荣誉主席,专业作家。青海省文联第三、四届委员,青海省第六届政协委员、第七届政协常委。著有《昌耀抒情诗集》《昌耀的诗》等。

戈壁纪事

戈壁。九千里方圆内
仅有一个贩卖醉瓜的老头儿:
    一辆篷车、
    一柄弯刀、
    一轮白日,
伫候在驼队窥望的烽火墩旁。
绿的蜜罐一个个绽开,

渴饮者，弃这碎片如落花瓣瓣，
留给夜夕陈列，
在冷沙。

车轮的投影一忽儿长了些，
可又一忽儿短了。火底下
康熙帝的梦城已相去遥远。

斯人

静极——谁的叹嘘？

密西西比河此刻风雨，在那边攀援而走。
地球这壁，一人无语独坐。

庄语

我必庄重。
黄昏予我苍莽。

烟，守住漂木。
不朽的制陶时代。

不朽的黏土造人。
石脑
体胴
酉，——或执酒人
沿阶梯起伏
与黄昏苍莽之蜡
同在流溢

我之愀然是为心作，声闻旷远。
舒卷的眉间，踏一串白驹蹄迹

我必庄重。

紫金冠

我不能描摹出的一种完美是紫金冠。
我喜悦。如果有神启而我不假思索道出的
正是紫金冠。我行走在狼荒之地的第七天
仆卧津渡而首先看到的希望之星是紫金冠。
当热夜以漫长的痉挛触杀我九岁的生命力
我在昏热中向壁承饮到的那股沁凉是紫金冠。
当白昼透出花环。当不战而胜，与剑柄垂直
而婀娜相交的月桂投影正是不凋的紫金冠。

我不学而能的人性醒觉是紫金冠。

我无虑被人劫掠的秘藏只有紫金冠。

不可穷尽的高峻或冷寂唯有紫金冠。

江湖远人

江湖。

远人的夏季皎洁如木屋涂刷之白漆。

此间春熟却在雨雪雷电交作的凌晨。

是最后的一场春雪抑或是残冬的别绪？

时光之马说快也快说迟也迟说去已去。

感觉平生痴念许多而今犹然无改不胜酸辛。

一年一度听檐沟水漏如注才又蓦然醒觉。

我好似听到临窗草长槁木返青美人蕉红。

夏虫在金井玉栏啼鸣不止。

又听作是庭隅一角有位年青仕女向壁演奏圆号，

那铜韵如盘雅正温暖为我摹写睿智长者。

气度恢宏的人生慨叹，

疲倦的心境顿为静穆祥和之氲氛沛然充弥，

泪花在眼角打转却已不便溢出。

人生迂曲如在一条首尾不见尽头的长廊竞走，

脚下前后都是斑驳血迹，而你是人生第几批？

远人的江湖早就无家可归，

一柄开刃的宝剑独为他奏响天国的音乐。

如火炭噗嗤入水，那一柄宝剑正当开刃，

便奏响了天国的音乐。

孙友田的诗

孙友田(1936—   ),安徽萧县人。1957年毕业于淮南煤矿学校矿山机电专业。历任江苏徐州贾汪煤矿技术员,江苏省文化局专业创作员,《雨花》杂志诗歌组组长、编委,江苏省作家协会专业作家。江苏省作家协会第一、二、三、四、五届理事,江苏省作家协会诗歌工作委员会主任,《扬子江》诗刊执行主编。全国劳动模范。著有诗集《花雨江南》《孙友田煤矿抒情诗选》等。

赈灾义演

携儿女、扶拐杖、坐轮椅……
为赈灾而歌,而舞,而戏。

走向街头,如同走向激流漩涡,
人的洪流涌动着爱的旋律。

走上舞台,好像又走上圩堤,

暴风雨的掌声压倒暴风雨。

表演深重的苦难和抗天的奇迹，
再现华东那一页湿透的历史。

脸上含笑，心在流泪，
欢乐的歌声里也布满血丝。

唢呐和锣鼓提高了嗓门，
呼唤被洪水淹没的房子。

跳动的音符象鲜活的鱼苗，
游进灾区修复的鱼池。

稠密的鼓点如饱满的种子，
撒进亟待补种的土地。

思念与牵挂溶进管弦，
坦诚与真挚流入唱词。

古铜的军号吹奏黄皮肤的豪气，
彩色的旗帜飘扬团结的胜利。

字字句句是梁柱砖石……

帮助倒下的重新站起。

风雨同舟，同舟共济，
海内外高唱着一个主题。

闻一多

你是拍案而起的云贵高原。
不是一尊雕像，
是直立的"闻一多"化石。

站在西南联大的校园里，
站成一段难忘的历史，
站成一首愤怒的诗！

围巾上还残留丝丝寒意，
烟斗里还闪着郁郁沉思，
一件长衫裹不住耿耿正气。

一枝不会流泪的红烛，
却用鲜红的几滴，
点燃了昆明，烧沸了滇池。

你的名字就是那场灾难，
就是那桩血染的真实，
云南的云含着泪水回忆……

你为 1946 年的枪声活着，
以永远的四十八岁，
审判暴政和无耻……

聂耳墓

西山为琴台，滇池为乐谱，
长青的松柏围绕着聂耳墓。
人民的歌手静静地躺在那里，
躺成了一颗休止符……

他的进行曲并未休止，
仍在激励着殊死搏斗的队伍。
最后的吼声响彻千山万水：
敌人的炮火还在喷吐！

扑向心灵的一颗颗炮弹，
爆开了花朵一样的阴谋。
散发出疯狂的铜臭味，

污染了我们的蓝天绿树……

"不愿做奴隶的人们"，
有的却当了金钱的俘虏。
那一道新的长城，
仍然要用血肉修筑。

"冒着敌人的炮火前进"！
中华儿女都受到国歌的鼓舞。
短暂的一生创造了永久的财富，
一支歌曲警醒了一个民族。

矿笛

一锹煤，
烧成一缕蒸汽，
吹响紧迫的时间。
虽是老腔老调，
却在撞击，
年轻的今天。

不是怒吼，
不是呼唤。

是在告诉你：
在煤矿的生命里，
又走了一个六点，
又走了一个八点……

如一串惊心的霹雳，
掠过黑色的浪尖。
一群珍惜时间的健儿，
把潮头追赶。

时代已变。
提着鸟笼子的人，
已听不懂
矿笛的声音了。

铁镐小传

一百年前，
煤矿在石头里诞生，
铁镐是接生婆。

黑沉沉的煤窑里，
运动着柳筐、木车，

和粗粗的麻绳，
悲壮的号子……
只有铁镐，
是闪光的金属。

矿工过着镐尖上的日子，
用血汗浸透生活。
日夜开采的
是心中的怒火。

在矿山焕发青春的年代，
铁镐老了。
它刨出的路，
后人称为开拓。
它是综采机、掘进机……
可敬的长辈。

矿山走向辉煌，
铁镐欣喜欲狂。
在煤矿开采一百一十周年的纪念会上，
那双手
终于把它举成了
一座纪念碑！

赵恺的诗

赵恺（1938—　　），山东兖州人。1955 年毕业于南京晓庄师范。历任淮阴县农村小学教师，淮阴市税务所干部，淮阴市文化馆副馆长，地区文化局创作员，淮阴市文联主席、专业作家。曾任江苏省第七届人大代表，江苏省文联第四、五届委员，江苏省第七届政协委员，江苏省作家协会第四、五届理事。现任《诗刊》编委。诗集《我爱》获全国中青年诗人优秀新诗奖（1979—1980）。

第五十七个黎明

一位母亲加上一辆婴儿车，
组成一个前进的家庭。
前进在汽车的河流，
前进在高楼的森林，
前进在第五十六天产假之后的，
第五十七个黎明。

五十七，

一个平凡的两位数字，

难道能计算出什么色彩和感情？

对医生，它可能是第五十七次手术，

对作家，它可能是第五十七部作品；

可能是第五十七块金牌，

可能是第五十七件发明。

可是，对于我们的诗歌，

它却是一片带泪的离情：

一位海员度完全年的假期，

第五十七天，

在风雪中启碇。

留下了什么呢？

给纺织女工留下一辆婴儿车和一车希望，

给孩子留下一个沉甸甸的姓名。

给北京留下的是对生活的思索，

年轻的母亲思索着向自己的工厂默默前行。

"锚锚"：多么独特的命名，

连孩子都带着海的音韵。

你把铁锚留在我身边，

可怎么停靠那艘国际远洋货轮？

难道船舶，

也是你永不停泊的爱情？
但愿爱情能把世界缩小，
缩小到就像眼前的情景：
走进建外大街，
穿过使馆群。
身边就是朝鲜，接着又是日本，
再往前：智利、巴西、阿根廷……
但愿一条街就是一个世界，
但愿国际海员天天回家探亲，
但愿所有的婴儿车都拆掉车轮，
纵使再装上，
也只是为了在花丛草地间穿行。

可是，生活总是这样：
少了点温馨，
多了点严峻。
许多温暖的家庭计划，
竟然得在风雪大道上制定：
别忘了路过东单副食商店，
买上三棵白菜、两瓶炼乳、一袋味精。
别忘了中午三十分钟吃饭，
得挤出十分跑趟邮电亭：
下个季度的《英语学习》，
还得趁早续订。

别忘了我们海员的叮咛：
物质使人温饱，
精神使人坚定……

这就是北京的女工；
在前进中盘算，
盘算着如何前进。
劳累吗？劳累；
艰辛吗？艰辛。
温饱而又艰辛，
劳累而又坚定：
这就是今日世界上，
一个中国工人的家庭。

不是吗？放下婴儿车，
就要推起纱锭。
一天三十里路程，
一年，就是一次环球旅行。

环球旅行，
但不是那么闪烁动听。
不是喷气客机，
不是卧铺水汀。
它是一次只要你目睹三分钟，

就会牢记一辈子的悲壮进军：
一双女工的脚板，
一车沉重的纱锭，
还得加上一册《英语学习》、
三棵白菜、两瓶炼乳、一袋味精。
青春在尘絮中跋涉，
信念在噪音中前行。
漫长的人生旅途上，
只有五十六天，
是属于女工的
一次庄严而又痛苦的安宁。
今天，又来了：
从一张产床上走来两个生命。
茫茫风雪，
把母亲变成了雪人，
把婴儿车变成了雪岭。
一个思索的雪人，
一座安睡的雪岭。
雪人推着雪岭，
在暴风雪中奋力前行。
路口。路口。路口。
绿灯。绿灯。绿灯。
绿色本身就是生命，
生命和生命遥相呼应。

母亲穿过天安门广场，
长安街停下一条轿车的长龙：
一边是"红旗""上海""大桥""北京"，
一边是"丰田""福特""奔驰""三菱"……
在一支国际规模的"仪仗队"前，
我们的婴儿车庄严行进。
轮声辚辚，
威震天廷。

历史博物馆肃立致敬，
英雄纪念碑肃立致敬，
人民大会堂肃立致敬：
旋转的婴儿车轮，
就是中华民族的魂灵。

飞翔的拉奥孔

——献给鹰

从鱼的巢穴升起，
在鸟的巢穴落下，
太阳在山海之间孵化生命。
一只铁喙破壳而出了，
走出狭窄，

走出黑暗，

兀立在世界的极顶。

它是属于天空，

还是属于大地？

大地用它的眼睛瞭望，

天空用它的双脚站立。

雨扑打它化成雪，

云抚摩它结为霜；

书写它像书写矿石，

诵读它像诵读雷霆：

它的名字叫作"鹰"。

鹰在等待什么？

在昼与夜的夹缝中它蓦然而起，

等待中它创造希望，

向上时它创造力。

于是十万大山纷纷倒向地面，

莽莽森林也变成纤弱柔软的草丛：

鹰

化作铁灰色的世纪风。

飞翔是潇洒的事业吗？

划呀，

划呀，

一翅的饥寒，
一翅的孤寂。
而一旦超越大地再俯视大地，
崇高便还原为卑下，
伟岸便还原为平庸。
一个高远的视角，
浓缩了多少匍伏着的人间戏剧。

作为云的盟友，
天空终于背叛了翅膀：
它点燃时间，
它点燃空间，
更让闪电化作巨蛇缠住了鹰。
一道、一道、一道，
肌肤、骨骼、魂灵。
于是，
天地间写出了一尊当代《拉奥孔》。
《拉奥孔》开始坠落，
像陨石雨，
像流星。
转瞬之间，
卑下的又崇高了，
平庸的又伟岸了：
下滑产生的惯性和加速度，

将致一切变革于非命。

在接近大地而尚未接触大地的刹那，

鹰听见来自九天的呼唤。

很轻，

又很重；

很远，

又很近。

那是一种介乎日月之间的声音，

它不属于耳朵，

而属于心灵：

"飞翔的翅膀一旦落地，

你就会变成石头！"

接着，

鹰的下方出现一片鹰状的石林：

有翅、有喙、有爪，

唯独没有生命。

那是一座飞翔纪念馆呀，

一块石头，

纪念一个梦境。

哦哦，苦难；

哦哦，孤独；

哦哦，坚定。

鹰奋起双翅挣脱锁链，

使巨蛇节节断裂成耻辱的绳索。

接着十只利爪和一只铁喙一齐刺进蛇的心脏，

在生命之深处，

它嗅到鲜活黏稠的野性之膻腥。

翅膀和云的撞击

诞生了青铜的韵律，

于是诗歌惊呼：

雷！

《拉奥孔》获救了：

火的帘幕，

隔开了地狱与天庭。

鹰一动不动地钉在太阳身边，

像一尊铁锭。

它展开两座被雷电击穿的翅膀

让历史想起两座墙：

一座巴黎公社墙，

一座雨花台墙。

在两座墙和一片大海之间，

众多飞鸟盘桓不停。

正像被蛇缠绕的不都是《拉奥孔》，

也并非所有的翅膀都是鹰。

共命鸟

半为灵魂，
半为身躯：
一只双首之鸟，
飞翔在东方神话里。
一座巢穴，
两种梦醒。
一粒热血，
两颗泪滴。
歌声托举天空，
翅膀覆盖大地：
灵与肉生死相依。

大江东去

潮起潮落的鼓角旌旗，
月圆月缺的营寨军旅：
一场史诗之战的方阵，
在白帝城下汇集。
却原来：

杜工部的"落木萧萧",
李太白的"江陵千里";
孟浩然的《黄鹤楼诗》,
范仲淹的《岳阳楼记》:
多少玉润珠圆的中国诗歌,
萌发在这里。
裂岸惊涛的源头,
喜马拉雅之热血一滴。

流动的建筑踏上人生:
胡杨林是有形的仪仗队,
芨芨草是无声的壮行曲。
横断山,
断空间,
断时间,
断不了鹰之一羽。
石鼓镇石鼓如雷,
铜锣村铜锣如缕:
转过"万里长江第一弯",
扑向母亲大地。

你就是"夔"?
那惊恐骇异的独角怪兽原来就是你?
雷霆是你的呼吸?

杀戮是你的功课?
死亡是你的游戏?
蛰伏在西南之一隅,
是在整理《仇恨上古史纲》,
还是作旧梦重温的等待和积蓄?

岁月匍匐在栈道,
希望雕琢于岩壁。
一口口岩棺是你的作品?
牺牲者的陪葬是一个亘古奥秘?
为什么石质灵柩中,
醒着出鞘的剑?
梦着翘首的鱼?

改道吗?
过多迂回曲折的教训,
在曲折迂回的脑纹淀积;
停步吗?
叩问白发三千丈,
他们可愿意?
请审慎自度:
身手还是那般矫健?
眼神还是那般锋利?
鳞甲还是那般坚实?

牙口还是那般整齐？
既然择定长江做对手，
那就较量一回吧。
虽然和你过招，
对于我是耻辱，
对于你是荣誉。

风雷压进胸中，
发束咬定嘴里。
嘉陵沱江左锋，
黔江赤水右翼。
无穷无尽的后续梯队，
——跃下世界屋脊。
如果信念失去韧性，
如果灵魂出现锈迹，
流水之斧钺，
如何劈得开高山之疆域？

没有鲜花，
没有绶带；
没有纪念馆，
没有大事记。
没有来得及为生者包扎伤口，
没有来得及为死者举行葬礼。

夔门后面，

迎出一位巫峡神女。

为什么对于胜利者，

总是送上猝不及防的目眩和神迷？

云的纤巧，

雨的缠绵，

雾的含蓄：

九十里山水长卷堪称无与伦比，

可是大江的追求，

怎能陈列在水墨画廊里？

十二座山峰组成无字碑林，

无字碑上，

是文字书写不出的叹息。

石的战书，

石的兵器，

石肝石胆间暗藏石的杀机。

二百里西陵长峡上，

砸下石头的雨。

挽起纤绳如同挽起大江，

地狱之门走出命运叛逆。

肩胛，

纤绳的祖国，

一丝一缕楔进生死里。

过分冗长使人倦怠，

过分简洁使人战栗。

嗨哟，

嗨哟：

川江号子，

简洁的军歌。

坎坷之痂，

背纤者的足迹。

身躯和大地构成锐角，

剑尖过处是记忆。

一生只做一件事：

拉直。

一寸，

一寸：

拉直计以良知。

一秒，

一秒：

拉直计以勇气。

汗珠落崖成林，

脚板磨石为玉。

喊一生号子，

背一生纤吧：

拉直青铜的"力"。

别了：凶险。

别了：柔媚。

别了：荡激。

闯不过三峡，

如何创造一部完整的《命运交响曲》？

召唤在前的有：

洞庭的色彩，

牯岭的线条，

外滩的旋律。

一滴热血激活一座大海，

一切寻觅的终极是"自己"。

爱，

人类共同的 DNA：

大江东去。

伐木者、斧头和树

伐木者，

我诅咒你：

如果斧头也是乐器，

如果砍伐也是歌曲。

难道你不知道，

这一声声，一声声，

能砍断参天的大树，
而砍不断的，
却是一座山峦的记忆？

几十年前，
或许是几百年前，
这棵大树还只是一颗小小的籽粒。
不知是风吹来，
不知是鸟衔起，
不知是打柴孩子吐出的一颗果核，
不知是沾上了进山猎人的鞋底：
总之，大地受孕了，
高山多了一位儿女
森林多了一位兄弟。

它幼小，
它索取：
向太阳索取信念，
向大地索取血滴。
它长大，
它给予：
它把信念育成饱满的果实，
向着蓝天高高举起。
而山峦又把它高高举起，

像举起一杆生命的旗。

生命的旗，
向生活传送翠绿的信息。
可是，生活的回答是什么？
难道该是一把斧头？
难道该是一支用斧头演出的奏鸣曲？
砰！
砰！
砰：
铁和木的撞击。
这哪里像是哀乐？
这哪里像是葬礼？
听这力度，听这节奏，听这情绪：
如此雄浑！如此饱满！如此迅疾！
比雷电，雷电则失之短暂，
比潮汐，潮汐则失之萎靡，
比奔马，奔马则失之柔媚，
比鼓角，鼓角则失之纤细。
大树倒下了，
它倒在生它养它的高山怀抱中，
它倒在铺天盖地的轰然震响里。

我倾听，

我思索，

我辩析：

当真倒是就是死亡？

站立和倒下，

就是生与死的唯一标记？

不呀，不：

你听这轰轰烈烈的声响中，

不是包含着一个轰轰烈烈的奥秘？

它倒下了，

但倒下却偏偏是为了前进：

前进在崎岖的山路上，

前进在壮阔的江河里……

前进难道不是生命？

大树，你在哪里？

生活回答：在这里，大树和我们在一起！

劳动回答：在这里，大树和我们在一起！

战斗回答：在这里，大树和我们在一起！

是的，大树，

难道铅笔不正是你？

一支铅笔握在一个孩子手上，

亿万支铅笔就像森林一般崛起。

赵恺的诗

不分民族，不分肤色，不分国籍，
人生用你写出自己最初的文字，
而这个文字恰恰就像你的骨脊。
"1"，
挺秀但带着稚气。
可是人类有了这个"1"，
就有十，就有百，就有千、万、十万和亿。
难怪铅笔那细细的木杆上，
总散不尽森林醇厚芬芳的气息。

是的，大树，
难道锤柄不正是你？
你给力以形象，
你给火以音律，
打铁镰、打斧头，
打一套版画家和雕塑家的工具。
当然不会忘记刺刀和镣铐，
为了真善美的仇敌。

是的，大树，
难道提琴不正是你？
那一条条优美曲折的木纹，
可是你优美曲折的往事回忆？
唱雷电？唱风雨？

还是歌唱人生去和风雨雷电搏击？

听见了！我听见了：

我听见你绿色的血液，

在贝多芬的《英雄交响乐》里奔流不息。

你是脚手架，屋梁，椽子，门窗，衣架，桌椅，板壁，

你是十字镐，锄，锨，耙，耩，风车，木桶和犁，

你是学校，图书室，美术馆，医院，体育场，国立剧院，

你是百叶箱，丁字尺，大圆规，指挥棒，双簧管和木笛。

你是车辆，你是船舶，你是鹞鹰般展翅长空的滑翔飞机，

你是宣纸，新闻纸，日报，月刊，《雪莱诗选》和脂砚斋本《石头记》，

你是边防战士的枪托，天安门上的国徽，人民大会堂的讲台，最高法院庄严的审判长席……

啊！大树，

贡献而不悭吝，

创造而不妒嫉，

丰富而不夸耀，

谦虚而不畏惧。

而贡献，创造，丰富，谦虚，

这一切，又怎会死去？

一棵大树，

就是一部生命的哲理。

赵恺的诗

239

啊！伐木者，
我赞美你！

声　明

经多方努力，本书仍有若干作品未能与版权所有人取得联系。请版权所有人见书后与我们联系（HRWX2011@163.com），以便及时支付稿费。感谢理解与支持！